小学館文庫

王と后

（三）それは誰が罪

深山くのえ

小学館

目次

用語

千和【ちわ】
神話に由来する八家が支配する国。石途国、泉生国、穂浦国、弓渡国、安倉国、六江国、馬頭国から成る。

八ノ京【はちのきょう】
千和の都にして最も神聖な地。

術【わざ】
火や水、風や土などに類似する霊的存在を扱う特別な力。
八家の者だけが持つ。

天眼天耳【てんげんてんに】
「天眼力」「天耳力」を合わせて呼ぶ呼び名。心を鳥のように飛ばし、見聞きすることができる力。

火天力【かてんりき】
一嶺の者が使う術。火に類似する霊的存在を扱う

八家

【貴族六家】

天羽 あもう
※現在は八ノ京を離れている

明道 あけみち

一嶺 いちみね

浮 うき

繁 しげり

玉富 たまとみ

【神官二家】

小澄 こすみ

波瀬 はせ

登場人物《とうじょうじんぶつ》

一嶺鳴矢《いちみねなりや》
第六十九代千和王。次の王に予定されていた人物が成人するまでの〝中継ぎ〟の王と呼ばれる。火天力の術を使う。

天羽淡雪《あもうあわゆき》
天羽の里で生まれ育った巫女。一嶺鳴矢の后に選ばれた。天眼天耳によって遠くの物事を見聞きすることができる。

鳥丸和可久沙《とりまるわかくさ》
内侍司の典侍（次官）。

明道静樹《あけみちしずき》
先代（第六十八代）の王。

天羽空蟬《あもううつせみ》
前后。淡雪の叔母。

繁銀天麿《しげりぎんてんまろ》
次代の王とされる少年。

繁三実《しげりみつざね》
第六十五代の王。

百鳥真照《ももとりまてる》
鳴矢の乳兄弟。蔵人。

浮希景《うきまれかげ》
鳴矢の側近。蔵人頭。

竹葉紀緒《たけばきを》
淡雪の世話係。掃司の尚掃。

貝沼伊古奈《かいぬまいこな》
淡雪の世話係。掃司の典掃。

小田垣沙阿《おだがきさあ》
淡雪の世話係。掃司の典掃。

砂子真登美《すなごまとみ》
淡雪の世話係。兵司の尚兵。

坂木香野《さかきかの》
内侍司の尚侍（長官）。

序章　選ばなかった道

筆を置き、ひとつ息をついて、頭を一度ぐるりとまわす。そんな程度で、この凝り固まった首や肩が楽になるわけでもないが、動かさないよりは多少ましだ。

こうして書きものをしていると、最近は目もかすむ。手足も痛むし、ささいなことでもいら立ちが増すようになった。小さなことのいちいちに、老いを感じる。

仕方ない。ここにもう三十年もいるのだ。三十年ぶん、年もとった。

隙間風でも入ってきたのか、燭台《しょくだい》の灯《あか》りが揺らめく。この三十年間、数日に一回は必ずつけてきた、日々の仕事の記録がつづられた木簡の上に、炎の色が映る。

……三十年。

何故《なぜ》、三十年もここにいてしまったのだろう。

あのときこの役目を辞して、別の道を探すこともできたのではないか。

道。……そうだ、道はあったはずだ。

たとえば、あの館に戻ってまた働く道。あるいは別の相手を見つけて嫁ぐ道。

どちらも選ぼうと思えば、容易に選べた。それなのにどちらも選ばなかったのは、ただ自分が弱く、頑《かたく》なだっただけで。

そちらを選ぶ勇気さえあれば、少なくとも、四十九になったいまこのとき、こんなにも孤独を恐れずにすんだだろうに。

あと一年。いや、もう一年もない。次の年が明けたら、いよいよここを去らなくてはならない。三十年もいたのに、結局、ここは自分の居場所ではない。

でも、それはあたりまえだ。ここはただの仕事の場。家ではない。

何度ため息をついても、何も変わらない。

故郷にも都にも、自分には帰る家などないのだ。

そして頼れるのも――ただ一人だけ。

「……」

目を閉じて、両手で顔を覆う。

やはり頼らなくてはならないのか。あの方を。

考えるたびに、あのとき聞いた悲鳴が耳の奥によみがえる。田舎出の自分の面倒をよく見てくれた、姉のようにやさしかったあの人の絶叫。あの恐ろしい色の『痕《あと》』。

あの『痕』はどうなったのだろう。あの館を辞めてから、誰かに消してもらえたのだろうか。あんなによくしてもらったのに、礼のひとつも、きちんとした別れも言えなかった。

あんなに平然と女の顔を傷つけられるのだ。あの方にとって人の命など、そこらの羽虫程度のものなのだろう。

恐ろしい。でも、頼るしかない。ここを出れば何者でもなくなってしまう自分に、他に選ぶ道はない。

そうだ。せめて今後の暮らしが立ちゆくようになるまでは、何とかあの方の機嫌を損ねないようにしなければいけないのに——失敗してしまった。

いや、しかし、すぐに謝罪した。失敗をとがめられもしなかった。あの方は厳しいが、何でも無体に責めることはしない。あの人が顔を傷つけられたのは、絶対に言ってはいけないことを口にしたからだ。自分は大丈夫。まだ「気に入り」の中に入れてもらえているはずだ。

両手を下げ、目を開ける。ぼやけた視界に自分の文字が並んでいた。

この三十年、自分はあの方に充分つくしてきた。

慎重に頼るのだ。

選ばなかった道のことを考えてはいけない。選んでしまった道で生き残るのだ。

どれほど恐ろしくても。
もう、あのときには戻れないのだから。

第一章　毒か否か

白い衣の肩に朱華色《はねずいろ》の領巾《ひれ》を掛けた老巫女《かんなぎ》が、手にした鈴付きの杖《つえ》を振る。

三度鳴り響いた鈴の音を合図に、王《おおきみ》と后《おおきさき》が並んで祭壇の前へ進み出た。

祭壇の両端には花の白と葉の青も鮮やかな咲き初めの卯《う》の花《はな》が飾られ、真ん中には何も入っていない平皿が一枚、置かれている。

頭の後ろでひとつに束ねられた鮮やかな真朱色《まそほいろ》の髪、深紫の袍《ほう》に白の切袴《きりばかま》姿の王が右手を上げ、その皿を指さすと、皿の上にぽっと小さく火が点《とも》る。

物を燃やす本物の火ではない。『術《わざ》』によって生まれた、火天力《かてんりき》の『火』だ。

それが現れたのを見てから、結い上げた黒髪に真珠飾りの簪《かんざし》を挿し、真白い巫女の衣に薄紫色の領巾を身にまとった后が、祭壇前の小さな机に置かれた紙を手に取り、丁寧に広げてからおもむろに口を開く。

「大御巫女《おおみかむなぎ》が御孫《みま》の命《みこと》以《も》ちて、称《たた》へ辞竟《ごとを》へ奉《まつ》る天《あま》つ御国《みくに》に神留《かむづま》り坐《ま》す八百《やほ》の神々《かみがみ》の大前《おおまえ》に白《まを》さく、月毎《つきごと》の例《ためし》の随《まにま》に……」

歌うように朗々と、后は祝詞を発した。

王はその隣りで直立し、部屋の両側に居並ぶ老巫女と同じ白の衣に朱華色の領巾の巫女たちも、静かに目を閉じ聞き入っている。

開いた窓からは初夏の風が吹きこみ、ときおり小鳥のさえずりが祝詞にまじった。

「……大千和国《おおちわのくに》知《し》ろし食《め》す天《あま》つ神々《かみがみ》に、祝詞《のりと》を以《も》ちて称《たた》へ辞竟《ごとを》へ奉《まつ》らくと白《まを》す」

「大千和国《おおちわのくに》知《し》ろし食《め》す天《あま》つ神々《かみがみ》に、術《わざ》を以《も》ちて斎火備《いみびそな》へ奉《まつ》りて、称《たた》へ辞竟《ごとを》へ奉《まつ》らくと白《まを》す。……大慶文徳《たいきようぶんとく》九年四月八日、第六十九代王、一嶺鳴矢《いちみねなりや》」

「后、天羽淡雪《あもうあわゆき》」

最後に王の短い祝詞と合わせ、互いの名で締めて、后——淡雪は、祝詞が記された紙を手早くたたみ机上に戻すと、深く頭を下げる。

その横で王——鳴矢も同じように一礼し、直って再び右手を上げ、祭壇の『火』を消した。

毎月八日の神事はこれで終了だ。

千和《ちわ》の王と后が、月に一度だけ顔を合わせる日。

七家から選ばれた王と、かつて都を離れた天羽家より送られてきた后は、名目上は夫婦でありながら、親しく交わることはない。

話すことも触れることもなく、ただ毎月の神事を滞りなく執り行うためだけの間柄

――の、はずだ。

先に退出するのは王と決まっている。鳴矢はゆっくりと踵《きびす》を返した。

その、ほんの一瞬。

白い衣の袖と深紫の袍の袖が、すれ違いざま触れ合い。

袖口からわずかに覗《のぞ》いた淡雪の指先に、鳴矢の指が素早くからめられ、すぐに解かれた。

鳴矢は何事もなかったかのように堂々と胸を張り、居並ぶ巫女たちのあいだを通って部屋を出ていく。

……もう！

淡雪はそっと息を吸い、下腹に力をこめて、勢いよく祭壇に背を向けた。

巫女たちの視線を一身に受けながら、淡雪も何の感情も表れていない面持ちのまま落ち着いた足取りで退出する。

部屋の外には後宮からこの艮《うしとら》の社まで同行した内侍司《ないしのつかさ》の尚侍《ないしのかみ》、坂木香野《さかきかの》が待っていて、淡雪に軽く頭を下げた。

「お疲れ様でございます、后」

「……これで帰っていいんですよね？」

「その……ようですね」

振り返ると、先ほどまで整列していた巫女たちは、すでに祭壇の片付けに入っている。后を見送ろうとする者は誰もいない。そう、名ばかりの后の扱いなど、こんなものだ。

淡雪は香野に向き直り、うなずく。

「戻りましょう。……冬殿に」


昔々、天の神々が地上の争いを止めるために遣わした天女たちを祖とする、天羽、明道《あけみち》、一嶺、浮《うき》、繁《しげり》、玉富《たまとみ》の貴族と、小澄《こすみ》、波瀬《はせ》の神官家。

古来千和を統治してきたこれら八家が、天羽家の謎の離反により七家と一家に分かれて七十年目の今年に即位した鳴矢と、その后として天羽の里から上京した淡雪も、月に一度、慣例どおりに神事でのみ顔を合わせるだけの、実態の伴わない夫婦のまま、次の王に譲位するまでの五年を過ごすことになっていたはずだった。

はずだったのだが。

「……何ですか、今日の神事のあれは」

実質監禁場所である后の館、冬殿の寝台で、淡雪を膝に座らせ、腕の中にすっぽりと収めるように抱きしめているのは、鳴矢王その人だ。

「ん？　あれって？」

「とぼけないでください。部屋を出ていくとき、手に触れたでしょう。あんなに大勢の前で……」

「誰も気づいてなかったよね？」

「……とは思いますけど」

気づいた者がいたら、間違いなく騒いだはずだ。

「気づかれなければいいというものではありません。ひやひやしました」

「せっかく明るいうちに逢《あ》えたのに、神事だけで帰るなんて、つまらないだろ」

にやりと笑った顔は、完全にいたずらっ子のそれだ。淡雪は上目遣いににらむと、鳴矢の額を軽く小突いた。

「神前ですよ。来月はやめてください」

「俺たち、その神前で婚儀をやったよね？　妻と神前で仲よくしても罰は当たらないと思うけど？」

「そういう問題ではありません。わざわざ人前で危ないことをしなくてもいいでしょう。……夜にこうして逢っているんですから」

鳴矢が夜中、密《ひそ》かに王の館を抜け出し、女官たちの使う裏門から忍んでくるようになって、もうひと月近くになるだろうか。

話すことも、触れることも禁じられている間柄だ。慣例にうるさい内侍司の典侍《ないしのすけ》に見つかれば大ごとになるだろうが、鳴矢には一見、そういうことを気にする素振りはない。

「……本当は、淡雪を夜殿に連れていきたいんだけどなぁ」

鳴矢がそうつぶやいて、淡雪の額に鼻先を擦りつける。

夜殿はこの後宮内にあり、昼殿と対をなす王の館だ。公的な昼殿には一部の臣下の入室が許されるが、私的な居所である夜殿には王の世話をする女官しか入れない。

冬殿の目の前にありながら、后にとっては決して近づけない場所だ。

もっとも、その踏みこめない夜殿に、鳴矢は平気で側近を招いたり、淡雪を花見に呼んだりしているのだが。

「またわたしがそちらに行くんですか？」

「ああ、行き来するっていう意味じゃなくて、淡雪と同じ館で暮らしたいなーってこと。だから場所はどっちでもいいんだよ。夜殿でも冬殿でも」

「……」

できるはずがない。鳴矢とてそれは承知で、ただ願望を口にしているだけだ。わかっているので、淡雪も黙って微笑するにとどめる。

「そろそろ長雨の時季なんだよな。一緒に住めたら、雨でも嵐でも平気なのに」

「長雨？」

「うん。天羽の里にはない？」

「ありますが、もう少し先です」

「じゃあ、こっちとはずれるのか。ひと月ぐらい続くんだよね。そのあいだ、どうやってここに通おうかと……」

「え？」

これまでは、雨の晩はさすがに鳴矢が冬殿へ来ることはなかったのだが。

「まさか、雨が降っていてもここへ来るつもりですか？」

「やっぱり笠《かさ》がいるよな。大きめのやつ……」

「鳴矢」

淡雪は思わず鳴矢の顎を片手で摑《つか》み、上目遣いに顔を覗きこむ。

「無茶です。こちらへ来るときはともかく、帰るときに雨が降っていたら、どうするんです？　衣が濡《ぬ》れたり、裾に泥がはねたりしていたら、どう言い訳するんですか。あなたの着るものを調えているのは、内侍司でしょう。あの典侍が見逃すとは思えません」

「そこを何とか、工夫しようと思って」

「……」

あきらめるという選択肢はないらしい。

だが淡雪の呆《あき》れ顔《がお》に、鳴矢は口を尖《とが》らせた。

「あのね、淡雪は『鳥の目』で俺のこと見られるからいいのかもしれないけど、俺はこうやって逢いにこないと、淡雪の顔、見られないんだよ？　長雨のあいだずーっと、俺に淡雪の顔を見ないですごせって？」

「それは……」

たしかに鳴矢にとっては、不公平だろう。離れた場所での出来事を見聞きできる、この『鳥の目』――天眼天耳《てんげんてんに》の力で、好きなときに鳴矢の姿を見られる自分と、ただ一方的に見られているだけの鳴矢とでは、思うところは違うはずだ。

だが。

「……わたしだって、見られるからそれでいいというわけではありません」

鳴矢の若干すねた表情から目を逸《そ》らしつつ、まだ顎の先を押さえていた指を、頬へとすべらせる。

「見ることはできても、それは、本当に見ているだけなんです。……話したいと思っても、あなたにわたしの声は届かないし……」

こうして触れることもできない。

うつむく淡雪の額に、唇が落とされた。頬を包む手にも、手が重ねられる。

「……まぁ、俺も、見てるだけじゃもどかしくなるだろうな。絶対話したくなるし、触りたくなる」

背を抱くほうの手に力をこめ、鳴矢が耳元で低くささやいた。

「だから工夫するんだよ。無茶は承知で」

「そんなふうに言われたら……」

「来るなって言えなくなるだろ？」

目を上げると、鳴矢はいたずらっ子のように笑っている。

淡雪は微苦笑を浮かべ、鳴矢の頬をほんの少し摘《つま》んで軽く引っぱった。

「では、こうしましょうか。長雨のあいだはわたしもなるべくあなたを見ないようにします。だからあなたも無理はしないで、雨の日は来るのを控えて……」

「え？　見てくれないの？　それは嫌だ」

「……えぇ？」

思わぬ返事に腕の力が抜け、頬を摘んでいた手がすとんと落ちる。その手に重ねていた鳴矢の手まで、つられて一緒に落ちる。

「見てほしいんですか？」

「結構張り合いがあるんだよね。ものすごく退屈な合議でも、淡雪が見てるかもしれないって思ったら、居眠りしないでちゃんと座ってようって思うし、仕事も真面目にやれば、淡雪に見直してもらえるかなーって頑張れるし」

「……わたしが見ているのは、だいたい昼過ぎの、あなたの休息の時間ですが？」

「寺に行ったら鞠打《まりうち》でいいところを見せたくなるし、夜殿で休むにしても、あんまりだらしない格好で寝ないようにしよう、とかね？」

「それでは、ちっともくつろげないでしょうに……」

またも呆れ顔になってしまったが、鳴矢は口の端を上げ、にっと笑った。

「これが案外、楽しいんだよね。淡雪の『目』がそばにいてくれると思うとさ」

「……」

楽しい――

それは以前、自分が『目』で鳴矢ばかりを見ている理由を伝えたときに使った言葉だ。あなたを見ているのが一番楽しかったので、と。

こちらが楽しく見ていることに、見られることも楽しいのだと応えてくれるのか。

淡雪は、ふっと目元を緩める。

「……わたしのほうは、近ごろはあなたを見ても、楽しいばかりではありませんが」

「えっ？」

「それはそうでしょう。わたしだって、窮屈そうに椅子で昼寝をするあなたを見て、いまわたしがそこにいれば、膝を枕として貸すくらいのことはしてあげられるのに、と……思うときもあります」

「ぅえ」

鳴矢の喉から、妙な声が漏れた。見ると、目を大きく見開いている。……そんなに驚くことだろうか。

「ひ……膝枕」

「あなたのように腕枕は、わたしの腕ではできませんから」

片方の腕を軽く振ってみせると、鳴矢は少し視線をさまよわせ、空咳《からせき》をした。

「実は、前に、真照《まてる》が香野に膝枕してもらってるところを見て、ちょっと、憧れが」

「あら」

尚侍の香野が、鳴矢の乳兄弟で側近である蔵人《くろうど》、百鳥《ももとり》真照の許婚《いいなずけ》だとは知っていたが、さすがに宮城は職場であるためだろう、二人のそれらしいところは見たことがない。しかし仕事を離れれば、ちゃんと恋人らしいことはしているようだ。

「でしたら——いま、しましょうか？」

膝枕が憧れとは、ずいぶんと可愛《かわい》らしいことを言うものだ。淡雪が自分の膝を手で叩《たた》くと、鳴矢は一瞬声を詰まらせる。

「……膝枕は、やっぱり昼寝のときかな、って……」

「それでは当分できませんよ？」

「できないんだよな……」

鳴矢は眉間に皺《しわ》を刻み、真剣に悩み始めてしまった。その様子を茶化すつもりはなかったが、ついこらえきれずに小さく吹き出す。

「いや、淡雪はくだらないと思うかもしれないけど……」

「くだらないとは思いません。ただ……あなた、膝枕どころか、わたしに手を出すの出さないのと迷っていませんでした？」

「う」

再び言葉を詰まらせ、鳴矢は目を逸らした。

そう。夜にこうして忍んで逢うようになって、ひとつ床で夜明け前まで共寝をしてはいるものの、状態としては、いまだただの添い寝である。

鳴矢とて十八の大人の男なので、それ以上を望む気持ちが——有り体に言ってしまえば、淡雪を抱きたいと思っており、淡雪自身もそういう鳴矢の欲求は百も承知しているものの、それでも結局、いまだ添い寝の域を出ていなかった。

淡雪が拒んでいるわけではない。どちらかといえば、鳴矢のほうが二の足を踏んでいる。曰《いわ》く、子ができるかもしれないから、ということだ。

正式な夫婦なのだから、子ができたとして本来何の差し障りもないはずなのだが、そこは王と天羽の后である。神事以外で冬殿から出ることのない后が、いつのまにか身籠ったとなれば、禁じられた王との接触が明るみに出てしまう。

いや、過去に王の子を生んだ天羽の后がいなかったわけではない。しかしその后とて、王の退位後には都にとどまることなく、生んだ子とともに天羽の里へ帰ってしまった。そのころとは状況がだいぶ違うとはいえ、天羽の后がその役目を終えたあとも都に残ることは、許されていない。

どうしても残ろうとするなら、先代の后、空蝉《うつせみ》のように、帰路で自身が死んだように偽装して都へ戻るとか、そういった何かしらの策を弄さなければならないだろう。

鳴矢の在位は五年と決まっている。后でいる五年のうちに鳴矢の子を生んで、だがその後、夫婦は離ればなれ、鳴矢は我が子とも二度と会えなくなる——そんな未来がくるとわかっていたら、軽々に「子ができるようなこと」はできないのだ。

鳴矢が躊躇《ちゅうちょ》する気持ちはよくわかる。よくわかるが、ならば五年間、添い寝のまま貫きとおせるか、それははなはだ疑問だ。

「……そりゃ、そんなこと言っといて、いまさら膝枕で悩むのかって、おかしいだろうけど」

つぶやいて、鳴矢がすねた顔をする。

「それはそれ、これはこれっていうか」

「わかっています。願いごとには、大きいものも小さいものもありますから」

淡雪はもう一度鳴矢の頬に手を伸ばし、その手を頬から首筋へとすべらせた。

「大丈夫です。あなたがわたしに望むことがあれば、全部かなえますから」

鳴矢の視線がこちらに戻る。

「……大きいのも、小さいのも？」

「はい。全部です」

念押しするように答えてうなずくと、鳴矢がふっと目を細めた。さっきすねていた表情は子供のようだったのに、そのやさしげな笑みは常より大人びて見えて、淡雪の鼓動が微《かす》かに乱れる。

予感は当たり、首を傾けた鳴矢が口づけてきた。

薄く開いた唇をやわらかく食《は》まれ、淡雪は鳴矢の首に腕をまわす。

鳴矢が抱きたいというなら、その望みをかなえることに何のためらいもない。それは自分の望みでもあるのだ。自分とて鳴矢と同じ十八の大人の女で──こうして触れられるたび、しかしこれ以上は先へ進んでくれないのだと、まだ実を伴った妻になれていないように思えて、もどかしさが募っていく。

それでも、鳴矢がまだ踏みとどまろうとしているのだから、自分も一緒に踏みとどまるのだ。

下唇を舌先でなぞられ、肩が震える。

逢うたび深まる口づけに、越えるべきではないと引いた一線を、いつ踏み出してしまってもおかしくない危うさを感じながら、淡雪は鳴矢の首にしがみついていた。

五年経《た》っても、天羽の里には帰らないと決めている。それは、生まれる前に実父を何者かに殺され、それを知らずに叔父を父だと思って育ちながらも、家の中でずっと疎外感を抱いてきた——そして王になることで家族と決別した鳴矢の、新しい家族となるため。

そばにいるのだ。ずっと。

空蝉のように正体を偽ることなく堂々と、一嶺鳴矢の妻として都に残るためには、どうすればいいのか。いまだ、その方法は見つけられてはいない。それでも絶対に、一生鳴矢のそばにいるという、結果だけは変えるつもりはない。

続く口づけのうちに、触れている鳴矢の手のひらが、互いの吐息が、熱を帯びてきていた。

と——

ゆっくり背中を上下していた手がふいに止まり、夜着の布を一度きつく握りしめたあと、離れていく。同時に鳴矢の唇も、絡んだ舌先を名残惜しそうに解きながら退いていった。……踏みとどまった。今夜も。

それをさびしいと思っても、こちらから追ってはならない。

こんなときいつも身の奥に生じる、埋火《うずみび》のような言いようのない何かは、これから時間をかけて鎮めていくのだ。……おそらく鳴矢もそうしているのだろうから。

「……」

目を閉じ、うつむいて、鳴矢が深く息をつく。淡雪は首にまわしていた腕を離し、かわりにその赤い髪を撫《な》でた。

「もう、休みましょうか？」

「……うん」

鳴矢がうなずくと、部屋をより明るくするために鳴矢が頭上に出していた『火』の塊が消え、あとは釣燈籠《つりどうろう》の小さな火だけが点る、ぼんやりとした闇に包まれる。

淡雪の枕に鳴矢が頭を置き、淡雪は鳴矢の腕を枕にして、共に寝台へ横たわった。

鳴矢の胸に額を押しあて、淡雪は目を閉じる。すると鳴矢が夜着の袖で包むように淡雪を腕の中に抱きこんだ。

「……俺、淡雪が一番大事」

おやすみではなく、鳴矢がそうつぶやく。だから淡雪も鳴矢の体に腕をまわし、耳に届くくらいの声で応えた。

「知っています。……わたしも同じですから」


夜が明ける前に目覚めるのは、天羽の里で巫女をしていたときからの習慣だ。

ただ、后になってからは日の出前に祈りをささげる儀式がないので、目覚めてすぐ起き上がる必要もなく、掃司《かにもりのつかさ》と殿司《とのもりのつかさ》の女官が来るまで、だらだらと心地よいまどろみを堪能できる。つまりはもっと長く眠っていてもいいのだが、この夜明け前に目覚める習慣は、思わぬところで役に立った。

こっそり冬殿に泊まった鳴矢を、夜殿に王の世話をする内侍司の女官が来るまでに、帰さなくてはならないのだ。

今朝もちゃんと、まだ暗いうちに目が覚めた。……いや、目覚めたのは、いつものように自然な覚醒ではなかったかもしれない。


「……?」


聞き慣れない音に、淡雪ははっきり目を開け、首を動かした。体はまだ鳴矢の腕に抱きこまれていて、身動きがとれない。

……外？

淡雪は目を閉じ、『目』を開けて壁を突き抜け、素早く外を見た。

微かに白み始めている空の下、少し高いところから見まわし――それが何の音だったのかは、すぐにわかった。

表門だ。外から鍵を掛けられたまま滅多に開かない扉は、きしむ音を立ててすでに閉じようとしていた。その扉から入ってきた人物が、灯りの点いた手燭《てしょく》を手に、もう門から建物へ通じる石畳の道を足早にこちらに向かって歩いてきている。

それが誰かを見定めた瞬間、淡雪は両腕をばたつかせながら叫んだ。

「鳴矢！　起きて！」

「……んぁ？」

「鳥丸《とりまる》の典侍がここに来ます！」

その名を聞くなり、鳴矢も跳ね起きる。

「は!?　何でっ……」

「わかりませんが、もうそこに。――ここへ隠れて！」

淡雪は寝台の四方を覆うための天蓋を素早く足元のほうだけ広げ、その陰に鳴矢を押しやった。

「ここで動かないで。わたしが何とかします」

「いや、何とかって」

「しっ！」

つつましいとは言い難い、階《きざはし》を上がってくる足音がする。もはや何をする時間もないことを覚《さと》って、鳴矢が大きな体をできるだけ縮めて幕の裏にひそんだ。その鳴矢にうなずいて、淡雪は再び寝台に横になる。

后自らの意思では外に出られない冬殿の、正門である表門の鍵を開けられるのも、建物の表側の扉から出入りできるのも、基本的には内侍司の女官だけだ。その他の司の女官たちは、いつも裏手の出入口を使う。その普段はまったく使われない表の扉が何の遠慮もなく開く音がして間なしに、真っ暗な小部屋をおそらくたった数歩で突っ切って、ひと声かけることすらせず、和可久沙《わかくさ》が后の部屋の扉を勢いよく開けた。

それと同時に、たったいま尋常ならざる物音に目を覚ましたふうを装って、淡雪はさっと寝台から上体を起こす。

「――誰かいるのですか？」

とうに正体はわかっているが、暗がりにまだ目が慣れていないふりをして、厳しい声で問うた。実際、和可久沙の持つ手燭の火のほうが強く見えて、顔の判別には時間がかかる。

「ここに王がいるのではありませんか」

「……その声、鳥丸の典侍ですね」

名乗りもせずに切り出した和可久沙に、淡雪はあえて落ち着いた口調で確認した。

何があっても本心は面に出さず、平静を保つ。天羽の里でずっと鍛えてきた鉄壁の心構えは、こういうときに本領を発揮する。

「何かありましたか。王が、どうかしたんですか」

「王がいるでしょう、ここに！」

落ち着き払った淡雪とは対照的に、和可久沙はいら立ちを露《あら》わにして部屋を見まわしていた。あちこちを照らすため振りまわされた手燭の光が、大きく尾を引く。

「ここにって……典侍、あなた、どうやってここへ入ってきたんです？」

「門の鍵を開けて入ったに決まっているでしょう！」

「王もここの鍵を持っているんですか？」

「……」

和可久沙が大きく目を剝《む》いた。眉間や額、頬にくっきりと刻まれた皺が、濃い影になっている。

「あなたが鍵を開けて入ってきたなら、そもそも鍵は閉まっていたんでしょう。どうやって王がここに入れるんですか。落ち着いてください」

大きく嘆息してみせながら、淡雪は寝台から下りた。和可久沙が寝台に近づいてこないように、自分から和可久沙に歩み寄る。

「まだ夜明けではないんですよね？　こんな早く、声もかけずに寝ている后の部屋へ乗りこんでくるなんて、普通じゃありません。いつも冷静なあなたがそんなことをするなんて、よほどのことでしょう。王の身に何かあったのですね？」

天羽の后に対して常に敵意を剝き出しにしてくる和可久沙の、冷静な態度など逆に見たことはなかったが、淡雪は不安と心配をありありと顔に浮かべて、和可久沙を気遣ってみせた。和可久沙は騙《だま》されかけたようで、一瞬、同じ不安と心配の表情を見せたが、すぐにはっとして怒りを表す。

「とぼけるのも大概になさい！　王の姿が夜殿にないのです。愛妾《あいしょう》の一人も持とうとしない王が、ここの他にどこへ行くのです！」

なかなか勘がいい。しかしそれに感心している場合でもない。

「……もう一度訊《き》きますけど、王はここの鍵を持っているんですか？」

「あの王なら、密かに鍵を作るくらいのことはやりかねない」

そこは疑えるのに、ただの閂《かんぬき》しかない裏門から出入りしているとは考えつかなかったのか。淡雪は思いきり困惑している表情をする。

「あなたは王が、夜中にここへ通っていると思っているの？」

「だから夜殿にいないのです」

「婚礼と神事と、あと例の盗賊の事件のときにしか会っていない王が、ここへ？」

「王が后に、新しい簪を作らせていると聞きました」

「えっ？」

「何度かしか顔を合わせていない后のために、わざわざ簪など作らせると？」

「……」

いま、きっとそこの天蓋の裏で、鳴矢が頭を抱えていることだろう。おそらくその新しい簪とやらは、鳴矢が自分に贈ろうと、内緒であつらえていたものに違いなかった。贈ったときの喜ぶ顔でも想像しながら。

つまり和可久沙は、鳴矢の楽しみをひとつ潰したことになる。

腹の底に芽生えた怒りを堪《こら》えながら、淡雪は片頰に手を当て、少し考えこむような素振りをして、それからふっと微笑《ほほえ》んだ。

「そう。簪。……やっぱりおやさしい方なのね、あの王は」

「はっ？」

「たしかに何度かしかお目にかかってないのだけれど、女官を通して、よくお気遣いいただくのよ。気晴らしになるようなものとか、好きな菓子とか尋ねられたり」

「何ですって？」

「きっととても律儀なのでしょうね。后という立場にあるのだから、それなりに大事にしなければと思っておいでなのかもしれないわ」

いかにもありがたいといったふうに淡雪が言うと、和可久沙は目と眉をきりきりとつり上げる。

「もってのほかですよ！　王が后と関わるなど！」

「そうだとしても、気遣っていただけるのは、わたしとしてはうれしいわ。簪をいただけるのね。楽しみ。ここで着飾っても意味はないけれど、美しいものは、わたしも人並みに好きだもの」

和可久沙の前で無邪気にはしゃいでみせたが、無論、和可久沙に言っているわけではない。贈り物ならこちらは喜んで受け取る意思があるということを、和可久沙に計画を台なしにされた鳴矢に聞かせているだけだ。

「まさか、もらうつもりでいるのですか？　何と図々《ずうずう》しい……！」

「どうせわたしは天羽の后だもの。あなたの顔色をうかがって、しおらしく遠慮してみせたって、あなたがわたしを見直すことなんてないでしょ？　だったら、せっかく王があつらえてくださるものですもの。喜んでいただくわよ」

「なっ——」

和可久沙が目を見開いて絶句しているのは、天羽の后なら殊勝な態度をとるものだと、勝手に思いこんでいたからだろう。どうしてそう思えるのかは謎だが。

「それより、本当に王はいなくなってしまわれたの？　夜殿の中はすべて捜した？　急なお仕事で出かけられたとかではなくて？」

「そのようなことは聞いていません！　ここにいるに決まっています！」

大正解だが、和可久沙に鳴矢を見つけさせるわけにはいかない。だからこそ絶対にここで焦ってはいけなかった。

「本当にお姿がどこにも見えないなら、心配ね……。内侍司みんなで捜しているの？　兵司《つわもののつかさ》には声をかけた？　あっ、昼殿にはおいでにならなかったの？」

「他所《よそ》を捜す必要などありませんよ！　まずここを捜すのが先です！」

ということは、他の場所は確かめず、自分が疑うまま、まっすぐここへ来たのか。

淡雪は大きくため息をつく。

「捜すのは構わないけれど、一人でやって。結局あなた、わたしを疑いたいだけで、王を心配しているわけじゃないんでしょ」

寝起きのままの髪を手櫛《てぐし》でかき上げ、淡雪はさりげなく塗籠《ぬりごめ》の扉の前に立ち、腕を組んだ。

「どうぞ？　好きに捜して？」

「……そこをおどきなさい」

「どうして？」

「塗籠にならば、人を隠せるからですよ」

「……」

淡雪はわざとそこを動かず、和可久沙をにらんでみせる。

案の定、どかないということはそこがあやしいと踏んだようで、和可久沙は淡雪を無理やり押しのけ、塗籠の扉を開けた。

「ちょっ……」

「邪魔するでない！」

手燭を掲げながら、和可久沙は塗籠にずかずかと入っていく。——引っかかった。

淡雪は踵を返して寝台に駆け寄り、天蓋の陰にひそむ鳴矢の腕を引いた。

「裏から、早く」

あまり時間はない。それは鳴矢もわかっていただろう、淡雪の唇にかすめるような口づけをして、無言のまま寝台をすべり下り、足音を忍ばせつつ、しかし風のような素早さで裏手の扉から出ていった。

淡雪は寝台に腰掛け、『目』で鳴矢のあとを追う。

鳴矢が裏の階を駆け下り、沓《くつ》を突っかけて裏門から外に出たところで、塗籠の扉が荒っぽく開いた。淡雪もすぐに『目』を閉じる。

「王は？　いらした？」

すまし顔で訊いた淡雪を、和可久沙が鋭く見すえた。

「あとは？　どこを捜すの？」

「……まだ部屋があるでしょう」

「ああ、女官たちの控えの間と、あとは湯殿と厠《かわや》ね」

鳴矢が無事に脱出したのでほっとして、ついあくびが出てしまう。意地になったのか、和可久沙は本当に女官の控え部屋と、湯殿のほうを見にいった。ちょうどいい。もう少し足止めできれば、そのぶん鳴矢が夜殿に帰る時間を稼げる。

和可久沙が一周して戻ってきたとき、淡雪は寝台に横になっていた。

「何を寝ているのです」

「夜が明けないうちに勝手に入ってきて、さんざん家捜しして、もう気はすんだでしょう。楽しかった？　わたしへの嫌がらせ」

先ほどはこらえた怒りを今度は遠慮なく露わにして、淡雪は寝そべったまま顔だけ和可久沙に向ける。

「眠いのよ。あたりまえでしょう。いきなり起こされたんだもの。さっさと出ていって。それとも、まだ無礼をし足りない？」

「……っ」

和可久沙の表情が大きくゆがんだ。その口が、声には出さずに何かひと言、つむぎ出したのが見えた。

生意気な、と。そう言おうとしていたのだとわかって、淡雪はさっとはね起きると和可久沙のもとへ歩いていき、目の前に立つ。

「あなたは、何のために典侍の職に就いているの？」

和可久沙よりも淡雪のほうが、わずかに背が高い。その少しの差を活《い》かして、淡雪は冷ややかに和可久沙を見下ろした。

「何十年も典侍を務めているという名誉のため？　それともなるべく長く天羽の后をいたぶるため？」

「人聞きの悪い……！」

「でも、あなたは決して、心をこめて王のお世話をするために典侍をやっているわけではないでしょう。本当に王がいなくなられたなら、心配するはずよ、あなたの立場なら。それがちっとも心配していない。あなたが嘘《うそ》をついているか、王のことなんてどうでもいいと思っているかの、どちらかよね」

「嘘をついてなど――」

「なら、王はどうでもいいのね」

身近で鳴矢の世話ができる。その立場は淡雪にとって、どんなにうらやましいものか。だからこそ腹立たしかった。

今回は鳴矢が冬殿にいたのが原因なのだから、無事なことはわかっている。だが、これがもし本当に、夜殿にいる鳴矢の身に何かあったのだとしたら。内侍司の女官でありながら、王の異変を見過ごして見当違いのことをしているなど、あっていいものなのか。その髪につけた藤の挿頭《かざし》には、何の意味があるのか。

「わたし、あなたは典侍の職にあっていい人ではないと思うわ。典侍の役目が本当に、王に仕え、支えるものであるなら」

見下ろしながら、淡雪はあえて抑えた口調で告げた。それがかえって侮辱されたように感じたのか、全身をわななかせた和可久沙の喉が、大きく上下する。

静かだが強い怒りと、いまにも暴れ出しそうな怒りが対峙《たいじ》していた。

「……典侍の役目とは、そのような単純なものではない」

憤怒で固まっていた顎をようやく動かせたといった様子で、和可久沙が言葉をしぼり出す。

「王が勝手をせぬよう見張ることなど、数多《あまた》の仕事のひとつにすぎぬ……！　天羽の女ごときが、わたくしの職を語るな!!」

後宮中を起こしそうなほどに声を振り立て、和可久沙は荒々しく扉を開けて部屋を出ていった。

「……」

淡雪は一度深く息をつき、すぐに寝台に戻って再び横になる。和可久沙に腹は立つが、いまは鳴矢のことだ。夜殿には帰れたのだろうか。

すぐに『目』で確かめにいくと、鳴矢は夜殿の寝所にいた。間に合ったのだ。

淡雪は安堵《あんど》したが、寝台に腰掛けて腕を組む鳴矢の表情は不機嫌極まりない。その気持ちはわからないではないが、このあと和可久沙が再び夜殿を覗いたとき、ちゃんと「冬殿になど行っていないふり」ができるのか、いささか不安になる様子だ。

「……鳴矢！」

淡雪は『目』を閉じて起き上がると、どこかにいるはずの小鳥を呼ぶ。すぐに天井付近から、鳴矢の『火』を分けられた炎の色の小鳥が舞い降りてきた。

「できるだけ早く夜殿に行って、わたしは大丈夫って伝えて。鳥丸の典侍に見つからないようにね」

声をかけると小鳥は羽をはばたかせ、あっというまにいなくなる。淡雪はあわただしく、再び『目』であとを追った。

自在に形を変えられる『火』は、ごくわずかな窓の隙間からでも出入りできるので、できるだけ早くという頼みどおり、矢のような姿でほとんどまっすぐ夜殿に向かってくれる。

ふと見ると、和可久沙が夜殿の脇の道を早足で歩いていた。

昼殿と夜殿は檜垣《ひがき》で囲まれた同じ敷地内にあり、昼殿の南側に表門、夜殿の北側と西側に小さな裏門がある。冬殿から夜殿に行くなら北側の裏門から入るのが最も早いはずだが、和可久沙はすでに北も西も裏門を素通りしていた。

あれほど大騒ぎしていたのに、もう一度夜殿へ鳴矢の所在を確認しにいかないのかと思ったあとで、気づく。和可久沙はそもそも、裏門を使わないのだ。

夜殿でも冬殿でも、あるいは他の館でも、裏門は不浄門と呼ばれ、通常は下働きの者の通用口として使われる。ゆえに人を使う側の者は、表門しか通ろうとしない。

後宮内で、女官たちはいつも裏門から出入りするが、和可久沙には、後宮を束ねる典侍は人を使う側だという自負があり、どんなに遠まわりになろうとも裏門は通らないのではないか。

もちろん、同じ敷地内の昼殿のすぐ横に内侍司の住まいもあるので、普段使い慣れた表門から出入りしようとしているとか、内侍司の他の女官に声をかけようとしているとか、そういう理由で表門のほうへまわろうとしているのかもしれない。だが冬殿にもわざわざ鍵を持ってきて表門から入ってきているとすると、裏門を通ることなど考えもしていないように思えた。

門は門であり清浄も不浄もないと言って、何のためらいもなく毎度裏門から入ってくる鳴矢とは、まったく相容《あいい》れないだろう。

……これなら、あんなに話を引き延ばして足止めしなくてもよかったかも。

表門を通り、昼殿を抜けて夜殿へ来るには、それなりに時間がかかる。

淡雪は『目』で表門へ向から和可久沙を見送って、夜殿へ入った。

「――おい、何でここに……」

先に行かせた鳴矢の『火』は寝所で小鳥の姿に戻り、鳴矢のまわりを飛びまわっていた。不機嫌だった鳴矢は困惑気味に小鳥を手で追い払おうとしている。

「戻れって。おまえは淡雪についてないとだめだろ……って」

小鳥は一度鳴矢の膝の上で止まり、それからゆっくり、目の高さまではばたいた。

同じ高さで、淡雪の『目』も鳴矢を見ている。

「……淡雪？」

気づいた。

「ああ、見てるのか。……じゃあ、典侍、もうそっちを出たってことかな。そろそろ来るのか」

そう。だから落ち着いて。

「ごめん、淡雪に迷惑かけて。典侍のこと、あとはこっちで何とかする」

迷惑なんかじゃない。あなたが無事に帰れてよかった。

「またすぐ行くから。次は、朝もうちょっとゆっくりしていく」

ええ。待っています。

鳴矢の口元に微苦笑が浮かぶと、小鳥はすっと姿を崩し、窓の隙間から出ていく。

しかし淡雪の『目』は、そのまま鳴矢のそばにとどまっていた。

小鳥が去ったことで淡雪も『目』を閉じたと思ったのか、鳴矢は再び表情を険しくする。それでも先ほどのようないら立ちは見えず、何か考えこんでいるような様子だった。

夜明けが近づき、外の暗闇もすでにうっすら青くなっていたが、閉めきった屋内はまだ釣燈籠の灯りしかない。そんな中で、鳴矢の頭上に点る『火』に照らされた寝所だけが明るかった。

しばらくして、じっと腕組みをしていた鳴矢が顔を上げる。

昼殿と夜殿をつなぐ石畳の廊を渡る沓の音。……来た。

足音が階を上がってきて、何の躊躇もなく寝所の扉が開けられた。

「……っ」

手燭の灯りよりもはるかに強い光に目がくらんだのか、和可久沙は戸口のところで立ち止まる。

「俺の不在中に勝手に入ったのは、あんたか？」

先に声を発したのは鳴矢だった。

「いま戻ったら、閉めたはずの扉が少し開いてた。俺のいないあいだに誰かが勝手にここへ入ったってことだよな」

「……たしかに、入ったのはわたくしですが」

明るさに目を慣らそうと瞬《まばた》きをくり返しながら、和可久沙は遠慮なく部屋の中ほどまで踏みこんでくる。

「わたくしども内侍司が王の寝所を見まわるのは、いつものことでしょう。それよりどこへ行っていたのです！　夜更けにふらふらと――」

「夜更け？」

鳴矢が目を眇《すが》め、低く訊き返した。

「内侍司の見まわりは、いつも戌《いぬ》の刻より前だろ。いつ夜中の見まわりが加わった？俺はそんなの聞いてない。夜更けっていつだ？　何刻ごろだ？　正式に決まったことなのか？」

「通常の――通常の見まわりとは別です！」

矢継ぎ早の質問をさえぎるように、和可久沙は首を横に振る。

「つまり予定にない見まわりをしたってことだよな？　何のために？　それで、いつここへ来た？」

「……先ほどです。半刻も経っておりませんよ」

「やっぱり」

予定にない見まわりの目的は言わず、最後の質問にだけ答えた和可久沙を、鳴矢は少し顎を上げて見すえた。

「おかしいと思った。夜中は普通に寝てたからな。俺がここを出たのは、明け方だ」

「どこへ――」

「昼殿だが？」

鳴矢はさらに顎を上げる。なかなか堂々とした嘘のつきっぷりだ。

「いつもより早くに目が覚めたんだが、昼殿に残してきた蔵人所《くろうどどころ》宛ての仕事に、足したいことがあったのを思い出した。それで忘れないうちに覚え書きを作ろうと思って昼殿へ行った。それだけだ」

「まぎらわしいことを……！」

和可久沙が歯ぎしりしたのが見えた。本当に夜殿からまっすぐ冬殿に来たのだ。

「まぎらわしい？　まぎらわしいって、何が」

「夜中に王が出歩く先など、女のところと決まっているでしょう」

「女って、俺には……」

一度はっきりと怪訝《けげん》な顔をしてみせてから、鳴矢はやや時間をかけて、その表情を驚きに変化させる。

「まさか、后のところへ行ったのかと思ったのか？」

「日ごろの行いですよ。王は天羽の女ごときに、ずいぶんと甘いようですので」

和可久沙は嫌みっぽく言い、鳴矢に冷笑を向けた。

「甘いって、何もしてないぞ」

「とぼけるのも大概になさい！　天羽の女のために簪を作らせていること、わたくしが知らないとでもお思いか」

「ああ、あれか。あれぐらいで——」

鳴矢は途中で言葉を切り、眉根を寄せる。

「まさか、冬殿に行ったんじゃないだろうな？　俺が后のところにいると思って」

「……」

和可久沙が目を逸らし、それを見て鳴矢が立ち上がった。

「行ったのか？　夜明け前だぞ？　鍵を開けて入ったのか？」

「入るには、鍵を開けねば」

「まだ寝てたんじゃないのか、后は。起こしたのか？　さすがにかわいそうだぞ」

「そういうところが甘いというのです！」

和可久沙は手燭を持っていないほうの手を大きく振った。袖と領巾がばさりと音を立てる。

「王は決して天羽の女などに干渉しないこと。これが都の、いえ、千和の安定を保つ唯一絶対の方法なのです！　この慣習は必ず守るようにと、即位の折にあれほど説明したではないですか！」

「わかった。――それで？」

鳴矢は立ったまま腕を組み、うんざりした顔で和可久沙を見下ろした。

「通常の見まわりでもないのにここへ入った理由は？　それが肝心なんだけど」

「……ですから、見まわりです」

ひるんだのは一瞬で、和可久沙も胸を張って鳴矢をにらみ返す。

「簪の件を聞き、よもや王が天羽の女のもとへ通おうなど、愚かなことを考えつくのではないかと、見まわりを増やすことにしたのです」

「で？　俺がいないから、案の定冬殿へ行ったんだろうって？」

深くため息をつき、鳴矢は片手で解いたままの髪をぐしゃぐしゃとかきまわした。

「あんた、もう二度と冬殿に行くなよ。完全なとばっちりで起こされて、后が気の毒すぎる」

「また甘いことを――」

「そもそも誰のせいだよ？　俺だって、戻ったら誰かが侵入した形跡があって、もう少しで兵司を呼ぶところだったぞ。慣習がどうのって言うわりに、あんたが見まわりの慣習を破ってるじゃないか」

「……っ」

低くうめき――だが、和可久沙はすぐにまた鳴矢を見上げ、口元をゆがめる。

「では、正式に見まわりを増やします」

「あ?」

「内侍司の者たちで分担し、戌の刻までと、子《ね》の刻前後、明け方と、三回にします」

「……はぁ?」

「決めました。王が二度と天羽の女などに温情をかけぬよう、昼夜を問わずきちんと見張らせていただきます」

和可久沙はそう言いながら、ぎらつく目で鳴矢をねめつけた。


「――ということがあったそうでして、王はしばらくのあいだ、こちらには来られなくなってしまったとのことです」

淡雪は夜が明けてから、冬殿を訪れた香野の報告を受けた。

一部始終を『目』で見ていたので、説明されるまでもなかったが、そこはいつものように、初めて話を聞いた顔をする。

「それは……香野さんも大変になってしまいましたね」

「まったくですよ。交代でやるとはいえ、夜中と明け方もなんて、寝られやしませんって……」

香野は額を押さえて、思いきり息を吐いた。

冬殿に忍んでいる夜間、本当に不測の事態が起きた場合に備えて、鳴矢は内侍司の中で香野にだけは、后のもとへ通っていることを伝えてあるという。

「……すみません、御迷惑をおかけしてしまって」

椅子に座ったままながら、淡雪は香野に丁寧に頭を下げた。香野はあわてて両手を振る。

「ああ、いえ、そんな。もとはといえば、王が典侍に余計なこと言うからいけないんですよ！　もうちょっとうまくなだめてくれれば、丸く収まったものを」

「それは……難しいでしょう。あの典侍は、何ていうか、自分の見たいものしか見ないような人ですから。どう言いつくろっても、耳を貸さないと思いますよ」

「それはそうなんですけど……」

すっかり肩を落としている香野の後ろでは、掃司の女官――紀緒《きを》と伊古奈《いこな》、沙阿《さあ》の三人が、それぞれ箒《ほうき》を手に、黙って立っていた。香野が来たのがちょうど朝餉《あさげ》を食べ終えたころで、そのあとはいつもなら館の掃除が始まるのだが、香野の話がすむまで待っているのだ。

「……わたしが御迷惑と言ったのは、本来なら王を遠ざけなければいけない立場で、そうしていないからです。香野さんだって、王が頻繁に后のところへ出入りしているなんて、気を揉《も》んで仕方ないでしょう。あなたに心労をかけている自覚はあります」

「それ、は——」

建前でもすぐに否定の言葉を出せないあたり、正直者だ。淡雪は苦笑する。

「でも、わたしにとって、王の心遣いはここで生きていくうえでの救いです。これがかえって『術』の安定につながっていると思って、どうか見逃してください」

「あ、あたしは別に、そんな、誰にも言いつけようなんて思っていませんよ！」

香野はさっきよりさらに激しく両手を振った。

「あたし幼なじみですから、王の性分は知っています。昔っから、だいたいのことは一人で勝手に決めて、決めたら曲げないんです。尚侍を引き受けたときから、無事に五年をすごせるとは思えないって、これはもう真照とも話していたくらいで」

香野はあはは、と乾いた笑いを付け足す。

「もっとも即位してこんなに早く何かするとは、さすがに予想外でしたけど、大丈夫です。できる限り、王と后の御希望に添えるようにしますから」

「……ありがとうございます」

香野は一見笑顔ではあったが、面倒なことになったと思っているのは、その雰囲気から透けて見えていた。尚侍という責任ある立場の香野からすれば、それも当然だろう。ひたすら無難に、五年を終えたかったはずだ。

申し訳ないと思いつつも、淡雪もまた、己に誓ったことを曲げるわけにはいかなかった。

「事情はわかりました。わたしは普段どおりすごしておりますから」

「はい。よろしくお願いします」

ではこれでと、香野は一礼して部屋を出ていく。

庭に下りて建物から離れ、表門へと歩いていく香野の、窓から見える姿が遠ざかるまで、淡雪と掃司の三人も、黙したまま動かなかった。

やがて香野が表門から出ていき、完全に戸が閉まると、部屋の空気が一気に緩む。

「……御夫婦が一緒にいたって、なんっにも悪いことないじゃないですかっ」

最初に口を開いたのは沙阿だった。

「王と后が仲よくしちゃいけないなんて、絶っ対おかしい。めちゃくちゃです！」

「烏丸の典侍が横暴なのは昔っからですし、すごーく迷惑なんですけど、ちょっと、尚侍にも腹が立ちますね。年は下でも立場は上なんですから、もっと典侍に強く出たっていいのに」

箒を握りしめて憤慨する沙阿の横で、伊古奈も口を尖らせる。紀緒はそんな二人に苦笑しつつ、香野が出ていった表門のほうを振り返った。

「たしか鳥丸の典侍は、次の正月には退官でしょう。どれほど後宮で力を持っていても、五十歳で辞めることは、後宮令《こうきゅうりょう》で決まっていることだもの。尚侍も、あと一年もないなら、それまで波風立てずにおきたいと思っているのかも……」

「えー、それじゃ王だって、次の正月まで后と仲よくできないじゃないですかぁ」

伊古奈の言葉に、淡雪は思わず小さく吹き出す。

「王に半年以上もおとなしくしているように頼むのは、典侍の御機嫌をとるより難しいんじゃないかしら」

何しろ長雨の時季にも、どうにかして通おうとしている鳴矢だ。香野の言うとおり曲げることも我慢することもないだろう。

「后。わたくしどもは夜殿に出入りできますので——」

紀緒が淡雪へと向き直る。

「王に御伝言などありましたら、いつでもお申しつけください」

「ありがとう。そのときには、お願いするわ。……ところで」

気兼ねなく後宮のことを尋ねられるのは、この三人を含めてごくわずかしかいない。掃除の時間を遅らせてしまっていることを気にしつつ、淡雪は少し身を乗り出した。

「鳥丸の典侍は、普段何の仕事をしているの？　もちろん主には王のお世話でしょうけど、今朝の典侍の口ぶりでは、ずいぶんたくさんあるみたいだったから」

「典侍のお役目ですか。朝晩の王のお世話と、女官たちの取りまとめと――」

「取りまとめっていうか、見張りですよね。あたしたちがちゃんと仕事してるか」

紀緒が指折り数える横から、沙阿がしかめっつらで口をはさむ。

「でも、見張りも気分次第なんじゃない？　来ないときは全然来ないし」

「女官の見まわりをしていないときは、来客があるときよ。――来客が多いのです、烏丸の典侍には」

首を傾《かし》げた伊古奈に答えてから、紀緒は淡雪にも言い直した。

「内侍司は王に間近でお仕えしますので、当然、お話がしやすくなります。それを当てこんで、役人や商人がいろいろとお願いにくるのですよ。王に直接、お伝えしてほしいと。烏丸の典侍は三十年も勤めておいでですから、特に来客は多いはずです」

「……そういうこともあるの……」

和可久沙の言っていた「数多の仕事」とは、来客への対応だったのか。

淡雪はうなずいたが、沙阿と伊古奈はずっと不満顔だ。

「あの典侍に頼んだって、無駄だと思いますけどっ」

「そもそも王と親しくないんだものねぇ。長く勤めてても……」

「――失礼しまーす。掃除中にごめんなさ……あらっ？」

話の最中に部屋の裏手の扉が開き、手に壺《つぼ》のようなものを持った女官が入ってきた。

髪には白椿《しろつばき》の挿頭。殿司の尚殿《とのもりのかみ》である衣那《えな》だ。

居並ぶ掃司の面々と淡雪を見て、衣那はきょとんとした顔をする。

「うちの子が今朝、燈籠に油を足し忘れたというもので、お邪魔したんですが。掃除中じゃなかったです……？」

「ああ、衣那、いいの。いつもなら掃除の時間よね。今日はいろいろあって」

「——日が出る前から典侍が乗りこんできたんですよ！　后がまだお休み中だって、絶対わかってたくせに！」

「その件でさっきまで、尚侍が来てたんです。だからまだ掃除してなくって」

紀緒が片手を振って応じ、むくれたままの沙阿と伊古奈が理由を説明した。

「典侍って、鳥丸の？　何かあったの？」

「王が——ここに来ているのではないかって」

淡雪が山吹色の領巾を肩に掛けながら言うと、衣那は目を見張る。

「えっ、鳥丸の典侍に知られてしまったんですか？」

「見つかる前に、どうにか逃がせたけれど」

衣那もここにいる掃司の三人と同じく、鳴矢が冬殿に忍んできていることを知る、数少ない女官のうちの一人だ。淡雪は衣那にも簡単に、顚末《てんまつ》を話して聞かせる。

「……鳥丸の典侍の場合、勘が鋭くてここへ来たのではなくて、ただ天羽からの后が好かないというだけなのが、かえって厄介ですね」

「あら、勘は鋭いんじゃない？　簪の話だけで不在の王がここにいると思ったなら」

「どうでしょう。結果として大当たりだったとしても、王が簪を新しくあつらえたという、それだけが根拠でしたら、言いがかりだと思いますよ。何しろ典侍の天羽の后への恨みは、それはそれは根深いものですから」

「恨みが、あるの……本当に」

淡雪は低くつぶやいた。

和可久沙がもともと天羽の后を毛嫌いしているらしいことは、これまでの様子からよく承知している。加えて自分は初対面のとき、和可久沙の名前を姫名《ひめな》と間違えた。それが和可久沙の逆鱗《げきりん》に触れ、ますます態度を硬化させてしまったことも。

それにしてもいちいち当たりが強すぎるので、以前、話の流れで、天羽に恨みでもあるのかと尋ねてみたことがあった。そのときは何の気なしに訊いてみただけだったが、和可久沙は黙りこんでいた。あれは肯定の沈黙だ。

「あるとしても、すべての天羽の后を恨むのは、おかしいと思いますよ。恨むなら、せめて時雨《しぐれ》姫だけにすべきです」

「時雨姫？」

聞いたことはある。いつの后だったか。たしか――

「……白波《しらなみ》姫の前の后だったかしら？　だいぶ前の后よね？」

「三十年前です。六十五代三実《みつざね》王の、二番目の后ですよ。七年ほどここにいらして」

「それ……あなたが生まれる前じゃないの？　衣那さん」

たしか衣那は二十五歳だったはずだ。年のわりに詳しそうな口ぶりだが。

「わたくしの叔母が、当時後宮勤めをしていたんです。殿司で。本当は辞めたあとに外であまり後宮の話をしてはいけないんですが、身内の気安さで、いろいろ聞いてしまいまして。わたくしが同じ殿司に勤めているのも、叔母の影響です」

油の壺を腕に抱え、衣那が首をすくめて話す。

「わたし、里を出る前に后を務めたことがある方二人に会えたけれど、時雨姫はもう亡くなられたらしくて、后のころのことは何も知らないのよ」

「まぁ、亡くなられていましたか。后になられたときは、まだ十七歳だったと聞きましたけれど」

衣那が目を見張った。

時雨が里に帰った後、いつ亡くなったのかは聞いていないが、いま生きていたとしても五十前だ。それほどの年齢ではなかっただろう。

「時雨姫が都に来られたのと、烏丸の典侍が後宮で働くようになったのは、ほとんど同じころだったそうです。典侍は十九歳で――後宮勤めを始めるには、ちょっと遅いですけど、何か、三実王の紹介だったとか」

衣那は叔母から聞いたという話を語りだした。

第六十五代目の王、繁三実は十八年という長期にわたって在位していたため、后が途中で交代していた。時雨は二番目の后で、前の后のころに始まった慣習に従って、冬殿での閉ざされた生活に入った。

淡雪の代にもなれば、天羽の側にもそういうものだと慣習が認知されるようになっているが、時雨は前の后からそのような話は聞いておらず、高い竹垣に囲まれた外の見えない環境を、不安がっていたという。

そんな時雨が頼ったのが、年が近く自分と同じく後宮に入ったばかりだった和可久沙だった。時雨は一日に何度も和可久沙を呼び出し、不安を訴えた。和可久沙も根気よくそれに付き合い、時雨も徐々に落ち着いていった。

ところが、落ち着いてからも時雨は和可久沙を何かと呼んでは側《そば》に置いた。頼るというより懐いているようなようすだったという。衣那の叔母は、よく時雨が和可久沙を隣りに座らせ、手を握ってまどろんでいるところを見たそうだ。

「和可久沙と手をつないでいると、とっても落ち着くの——というのが時雨姫の口癖だったと、叔母は言っていました」

「……いまの典侍からは想像もつかない、面倒見のよさね」

「驚きますよね」

笑う衣那の後ろで、掃司の三人もぽかんとしている。

「でも、実は鳥丸の典侍は、そんなことをしている場合ではなかったそうです」

「え？」

「許婚がいたらしいんです、鳥丸の典侍には」

三実王の紹介とはいえ、和可久沙はあまり長く勤める気はなかったらしい。自分には許婚がいる、一年は結婚を待ってもらう約束だが、できれば早く辞めたいと、時雨のいないところでよくぼやいていたという。

しかし『術』の安定のためには、どうにか時雨の心を落ち着かせておかなくてはならない。三実王に諭され、当時の尚侍にも懇願され、何より時雨にそばにいてほしいと頼られ、和可久沙は結局、時雨が冬殿の生活に慣れるまで、一年半耐えた。

そして、これ以上は許婚にも待ってもらえない、もう辞めてもいいだろうと思った矢先――和可久沙は、待ちきれなくなった許婚が、すでに別の女と結婚してしまったことを知った。

「すごく荒れたそうですよ、典侍。后のせいで結婚できなかった、后が引き止めなければ許婚と夫婦になれたのに、って……」

「え、や、ちょっ、待って待って」

沙阿が手を伸ばし、衣那の背中をばしばしと叩く。

「おかしい。おかしいでしょ衣那さん。それどう考えても許婚が悪いでしょ？　約束よりたった半年延びただけで別の女と結婚って」

「……たしかに、辞めるのが遅れた事情くらい、相手も把握していたでしょうに」

「それで后のこと恨んだっていうなら、それ逆恨みじゃないのー？」

紀緒と伊古奈も呆れた声を上げげた。だが淡雪は顎に指先を当て、少し考えこむ。

時雨姫は、もしかしたら――

「まぁ、それは。叔母も当時そう思ったというし、他の女官たちも、何かどうしても待てない事情があったならともかく、そうでないなら恨む相手は許婚でしょうって、ずいぶんなだめたらしいけど、典侍は后のせいだって、聞く耳を持たなくて」

その遺恨が、歴代の天羽の后に向けられ続けているということか。

肩越しに掃司の三人を振り返っていた衣那が、再び淡雪のほうに顔を向ける。

「時雨姫が鳥丸の典侍を頼りきってしまっていたのは、本当だと思います。だからといって、典侍の恨みは本来筋違いですし、まして何代もあとの后には何の関係もない話ですから、后はどうか気になさらないでくださいね」

苦笑してそう言った衣那の肩を、背後から沙阿と伊古奈がそろって掴んだ。

「いや、気になさらないでって、あたしたちだって気になるのに！」

「そうですよぉ。だいたい衣那さん、いまの話、初耳！　何でいままで黙ってたんですかー！」

あわてて壺をしっかり抱え直し、衣那は眉根を寄せる。

「それは、ほら、前の后があああいう方だったから」

「え？　空蟬姫？」

「そう。前の后って好き嫌いがはっきりしすぎて、気に入らない人には結構当たりがきつかったでしょう。そういう方に、鳥丸の典侍のこんな——弱みよね。弱みを教えてしまったら、取り返しがつかないくらい険悪になると思ったのよ。現にわたくし、前の后から、あの典侍をとことんやりこめる材料はないかって、訊かれたことがあったもの」

「……ああ、それはまずいわね」

淡雪は腕を組み、つぶやいた。

后の任を解かれても、天羽の里に帰らなくてすむように、前の王や役人たちを巻きこんで大がかりな策を弄した空蟬だ。先だってここに侵入したときの様子を見ても、衣那の懸念は当たっているように思う。

「はい。わたくしどもは『術』の安定のために、后にはなるべく心穏やかにすごしていただくようにと言われておりますが——もっとも、何より后の御負担になっているのは鳥丸の典侍だと思いますけれど、ともかくそうしなければいけない以上、典侍の昔話は前の后のお耳に入れないようにしようと思って、あえて黙っていることにしました」

「それをわたしに話してくれたということは、わたしなら安易に典侍を追いつめるようなことはしないと、衣那さんに思ってもらえたということね？」

「后は、前の后よりずっと落ち着いておいでですし……逆にお話ししておいたほうがいいような気がしたんです」

たしかに、この話は和可久沙の弱みなのだろうが、日ごろの嫌みの意趣返しに古傷をえぐるような真似《まね》はしたくない。誰にも触れられたくない過去はある。

もし、どうしてもこの話を使うとしたら、それはよほどのこと——たとえば鳴矢を守らなければいけないような、そういうときの切り札だ。

「そうね。典侍がどうしてあんなに天羽の女を嫌うのか、理由がわかって気分がすっきりしたし、それで充分だわ、わたしは」

「えー、それもおとなしすぎません？」

沙阿が箒の柄に顎をのせて口を尖らせたが、紀緒はその腕を軽く小突いた。

「言いふらしたら駄目よ、沙阿。伊古奈も。他人の昔話なんて」

「わかってますー。でも逆恨みは気分悪いですすっ」

「そうよねー。……って、鳥丸の典侍もそんな男に未練持ってないで、勤めを辞めて別の相手を見つければよかったのに」

「……それが、時雨姫とは険悪になったけれど、何だかんだ三実王には頼りにされて……ここからは叔母も、本当のところはわからないって言っていたけど、結局後宮に残ってから、三実王の愛妾になっていたっていう噂《うわさ》が……」

「え。わあ」

沙阿が妙な声を上げる。

「噂だし、言いふらさないでね？」

「い、言いませんって。むしろ聞かなかったことにしたいです。何か怖い」

衣那と沙阿の会話を聞きつつ、淡雪は納得していた。いくら天羽の后を恨んでいるとはいえ、あのずいぶん居丈高な態度が、かつて王の愛妾だったという自信からくるものだったとすれば、腑《ふ》に落ちる。

そして、和可久沙のほうの事情はわかったが。

「ねぇ、衣那さん。時雨姫は、それほど懐いていた鳥丸の典侍に恨まれていること、どう思っていたの？」

淡雪が尋ねると、衣那はちょっと肩をすくめた。

「それが、意外とあっさりしていたそうですよ。嫌われてしまったなら仕方ないわ、って。それからは典侍の代わりに掌侍《ないしのじょう》たちが、時雨姫の手を握って落ち着かせる役目をしていたとか。それを知った典侍は、頼るなら誰でもよかったのかって、ますます怒ったらしいですが」

「それは……怒るのも無理はないわね」

和可久沙にしてみれば、自分でなければいけないのだと思ったからこそ、一年半も辛抱したのだろうに。

「あ……いけない。すみません、つい長々おしゃべりしてしまって」

衣那が淡雪に頭を下げ、後ろの三人を振り返る。

「掃除の時間なのよね。邪魔してしまってごめんなさいね」

「あー、じゃあ、そろそろ始めましょうか」

「そうね。――后、では……」

「ああ、はい。わたしは外を歩いてくるわ」

掃司が冬殿の掃除をするあいだ、足がなまらないように庭を散歩するのが日課だ。淡雪は返事をして席を立った。

表の戸から外へ出て階を下り、沓を履いて歩き出す。今朝は曇っており、吹く風も少し湿っていた。鼠除《ねずみよ》けのために後宮で飼われている猫のうちの一匹が、大きな庭石の上に寝そべり、あくびをしている。

池に沿って石畳の道を歩きながら、淡雪は衣那の話を思い返していた。

……時雨姫は、たぶん『時の手』か『心の手』が使えたんだわ。

過去を見ることができる宿命力《しゆくみようりき》と、他者の心を読める他心力《たしんりき》。どちらも対象に触れることで『術』を使える。

宿命力と他心力は天羽の里でも稀有《けう》な力だ。淡雪の知る限り、里でその力を持つ者は二人しかいない。

その二人は、巫女の館で一の長《おさ》、二の長と呼ばれていた。年はどちらも五十余歳で一の長が他心力、二の長が宿命力を持っており、触れた相手の心、または触れた相手や場所の過去を読めた。

天羽の里で生まれた女子は皆、五歳のときに巫女になるかそうでないかを選《よ》り分けられるが、その選り分けをするのが、この二人だった。

いまも憶《おぼ》えている。両親とともに初めて巫女の館に行ったあの日。そこには同い年の少女が十人ほどいて、一人ずつ別室に呼ばれていた。自分の番は最後のほうだった。別室に入ると一の長と二の長がいて、両手を出すように言われた。そのとおりにすると、巫女の長たちは左右の手をそれぞれが取り、目を閉じたのだ。

そこからが長かった。それまでにもだいぶ待たされていて、五歳の自分は退屈しきっていた。この人たちは何をしているんだろう、まだ帰れないのかな、つまんないな――手を握られながら、そんなことをとりとめもなく考えていて。

どれくらい経ったか、あまりの動きのなさに、部屋の外で待っているはずの両親の様子が気になってきて、『目』を使ったのだ。

天眼天耳、とつぶやいたのは、どちらの長だったか。自分の行く末はあのとき定められた。

あとでわかったことだが、一の長と二の長は、呼び寄せた女子の手を握り他心力と宿命力を使って、力の有無を見定めていたのだった。選り分けが終わるころには二人とも青白い顔で、子供の目にも相当疲れていたように見えた。実際、毎年かなり消耗するらしく、選り分けのあとは二人とも十日ほど寝こむという。

初めから横にでもなって、体を楽にして力を使えば、疲れにくいかもしれない。時雨姫は、だからそうしていたのではないだろうか。和可久沙の、あるいは他の女官の手を握り、まるでまどろんでいるかのようにして――その相手の心、あるいは過去を読んでいた。

何か目的があったのか。それとも自分のように、ただの退屈しのぎだろうか。

冬殿から出られない状況で、外の様子を知りたければ、自由に出入りできる女官を通して『見る』しかない。

初めは和可久沙にとことん甘えておきながら、恨みを買って以降まったく執着しなくなったのは、実のところ『見る』相手は誰でもよかったのかもしれない。……誰でもよかったのなら、許婚を待たせている和可久沙を、もっと早く解放してやるべきではなかったかと思うが。

淡雪は薄曇りの空を見上げ、息を吐く。

時雨はここで、いったい何を『見て』いたのだろう。あれほど強く恨まれてまで。

「后──」

開け放たれた窓から、沙阿が手を振っている。

「掃除、終わりました ー！」

「……ありがとう。いま戻るわ」

淡雪は建物のほうへ、ゆっくりと踵を返した。

◇◇　◇◇　◇◇

「──ごめん、希景《まれかげ》。しくじった。これからしばらく、夜殿の書庫に入るときは充分気をつけて」

「は……？」

朝餉のあと、鳴矢は蔵人頭《くろうどのとう》の浮希景が昼殿の王のもとへ挨拶に来るより先に、自分から蔵人所へ出向くと、希景に頭を下げた。

いつも冷静であまり表情も変えない希景だが、さすがに顔を合わせるなり謝られ、困惑気味に眉根を寄せる。

「何ごとですか。……まずはお掛けください」

蔵人頭専用の部屋には仕事用の机の他に、ちょっとした会議ができるよう大きめの卓と複数の椅子があり、希景がそのひとつを鳴矢に勧め、自らはその傍らに立った。

「しくじったとは、穏やかではありませんが」

「典侍だよ。鳥丸の典侍。……実は昨夜、冬殿に泊まったんだけど」

鳴矢は卓に片手で頬杖《ほおづえ》をつき、ほとんど愚痴のような口調で、今朝の顚末を希景に話して聞かせる。

「……っていうことで、監視がきつくなるんだ。まぁ、昼間はたぶん大丈夫だと思うんだけど、念のために希景も夜殿に来るときには、内侍司の目がないか、気をつけてほしくて」

夜殿には王と女官、親しい身内以外は入れないことになっているが、浮家が内々で行っている史書編纂《へんさん》を進めるために歴代の王の日記を読みたい希景が、夜殿の書庫に出入りすることを、鳴矢は内密に許可していた。

昼から夕方までのあいだ、王が呼ばない限り、夜殿に内侍司の者たちが入ってくることはない。だが和可久沙は慣習慣習とうるさく言うわりに、自分は好き勝手に夜殿にも踏み入ってくる。和可久沙がこれまで以上に、王を見張ろうと躍起になるなら、昼間も油断できなくなるかもしれなかった。

「なるほど。……ではあの典侍は、王の行動に制限をかけようとしていると」

「結果としてそうなるよな。見まわり増やされたら、淡雪のところに行けない」

鳴矢は盛大にため息をつく。ただでさえこれから長雨で、行きづらくなるところだったというのに。

だが希景は厳しい表情のまま、少し声を落として言った。

「実は私も、烏丸の典侍のことで、近々御報告をするつもりでした」

「え？　何の」

「烏丸の典侍が持っていた、孔雀《くじゃく》の柄の水差しを憶えていますか」

「このあいだ割れたやつ？」

「はい」

半月ほど前になる。鳴矢は和可久沙から、三実王愛用の水差しを使うよう強要されたのだ。しかしその派手な、というかいささか不気味な孔雀の絵柄が気に入らず拒否すると、激高した和可久沙と押し合いになり、水差しは床に落ちて割れてしまった。

使わずにすんで鳴矢としてはこれ幸いだったのだが、掃除に来た掃司の女官たちから、かつてそれが「呪いの孔雀」と呼ばれていた代物だったと聞いたのだ。

「誰だっけ、ああ、前の王の后が使ってたっていう……」

「静樹《しずき》王の最初の后、冬木《ふゆき》姫が使って、体調を崩したために、呪いがどうのと言われていた水差しです」

「割れたやつ、たしか希景が持ち帰ってたよな。呪いの正体を調べるって」

「現在も調べている最中ですが、おそらくあの水差しには、毒が塗られています」

希景の語調は、仕事の報告をするのとまったく変わらなかった。あまりに普段どおりのその様子に、鳴矢も普通にうなずきかけ――一拍遅れて目を見張る。

「あ？　毒？」

「はい」

「え。いや、典侍はあれを、俺に使え使えって言ってたけど」

それは、つまり。

「……典侍は、俺を殺そうとしてたのか？」

「その可能性は否定できません」

鳴矢はぽかんと口を半開きにして、希景を見上げる。

「ただ、あの水差しを使って実際に体を悪くしたのは、冬木姫ですので」

「ん？　どっち？　殺されそうになったのは冬木姫？　俺？」

「そこを断言することはできません。どちらも、という可能性もあります」

　鳴矢は眉間を皺《しわ》めて首を傾げた。

「……まず、希景が割れた水差しを持ち帰ったってことは、はなから呪い云々《うんぬん》って話は信じてなかったんだな？」

「はい。初めから水差しに有害なものが付着していたと仮定して、回収しました」

「でも冬木姫が后だったのは、何年も前だろ。えーと……」

「十二年前から八年前のあいだでした」

　希景はすぐに答える。

「後宮に入って三年半ほど経ったころに体調を崩し始め、毎月の神事にも支障が出るようになり――それでも時が経つにつれて快復の兆しもあったので、静養して様子を見ようかという話になったようですが、静樹王の任期が長くなる見こみだったのと、何より冬木姫自身が天羽の里に帰りたいと強く望んだため、結局は交代ということになったとのことです」

　掃司の話では、たしか孔雀柄の水差しが使われなくなったあとも、冬木姫の容体は思わしくなかったという。快復の方向に至ったとしても、毒の影響は長く尾を引いたのだろう。

「それにしても、どうやって水差しに毒が塗られてるなんてわかったんだ？」

「おそらく、ですので」

「確定じゃないにしても、そう考えられる何かはあったんだろ」

額に人差し指を当て、鳴矢はちらりと部屋の入口に目を向ける。いまのところ人が来る気配はない。

「昼殿に戻ってお話ししますか？」

希景も先ほどより、少し声を落としていた。

「いや、ここでいい。もし典侍がいたら、逆にまずいだろ」

「そうですね」

蔵人所の中なら、呼ばない限り内侍司の女官は来ない。

「あの割れた水差しの破片を持ち帰り、まずそれを幾つかに分けて、しばらく白湯《さゆ》に浸しました」

「白湯に？」

「もし白湯に毒が溶け出したならと考え、同じ条件にしてみました。ちなみに分けたのは、注ぎ口の部分、胴の真ん中あたり、底の部分、それから持ち手です」

「何で持ち手まで」

「内側に毒が塗られていたのではなく、水差しの素材そのものに害があるものが含まれていた可能性も考えまして」

「なるほど」

慎重かつ細かい。いかにも希景の仕事だ。

「その白湯を、まぁ、人に飲ませるわけにはいきませんので、鼠を何匹か生け捕りにしたのですが、実はこれに、予想以上に手間取りまして。弱った鼠に飲ませても毒の有無を判断できませんので、なるべく同じ状態の、元気な鼠をそろえようとしましたら、十日近くかかってしまいました」

「……大変だったな……」

そこまでするのかと思ったが、次第によっては人を罪に問わなくてはならない事案だ。希景もより慎重にやらざるをえなかったのだろう。

「どうにか五匹そろいましたので、同じ餌と、白湯――もう冷めきって水になっていましたが、四匹にそれぞれ注ぎ口、胴、底、持ち手を浸したものを与え、一匹には、これは本当にただの水を与えました」

「うん。……で、結果は？」

鳴矢の問いに、希景は片手の指を二本立てた。

「二匹に、異変が出ました」

「……胴の部分と、底の部分かな」

「そのとおりです。持ち手と注ぎ口の白湯、それから当然ですがただの水を与えた鼠は、元気なままでした。しかしそちらの二匹は、翌日には明らかに動きが鈍り、特に底の部分を浸した白湯を飲んだ鼠は、時間が経つと籠の隅でぐったりしていました」

水差しの素材に問題はなく、注ぎ口にも害となるものは残っていなかったということだ。

「つまり、水差しの内側に毒が付いてて……」

「胴の部分に塗られ、さらに流れたものが底にたまったものと思われます」

「冬木姫のころならずいぶん前だろうに、毒が残ってたのか」

「残っていたものか、新たに塗られたものかはわかりません。もっとも、新たに塗られたものだとすると、少なくとも人の命を奪うには足りないように思いますが」

「……じゃあ、俺を殺そうとまではしてなかったのかな」

腕を組み、独り言のようにつぶやくと、希景は顎を引いて表情を険しくした。

「命を奪えるほど強い毒と断じることはできませんが、仮に鼠を弱らせる程度の毒だったとしても、毒は毒です。看過できることではありません」

「まぁ、そうだけど」

「それに、もし鼠が即死でもしていたら、私は昼夜問わず、鳥丸の典侍をすぐに拘束する手続きをとっています。報告を今日まで遅らせていたのは、一度鼠一匹が弱った程度では、毒であると断言できる確証がまだ持てないからです」

十中八九、毒だと思っているのだろうが、先ほどから「おそらく」を強調しているのは、調べが不充分だからというわけか。

鳴矢は腕を組んだまま、体を前後に揺らして低く笑う。

「何です？」

「いや、希景が蔵人頭に手を上げてくれてよかったなーと思って」

「……何をのん気な」

「俺はついてるって意味だよ。希景が気づいてくれてなかったら、じわじわ毒を盛られて殺されてたかもしれないんだから」

ひとつ息を吐き、腕組みを解いて鳴矢は背筋を伸ばした。

「それで？　いつごろ確証が持てる？」

「鼠をもう二、三匹試したいところですが」

「じゃあ、それまでは我慢するか。――食事は大丈夫かな。尚侍が毒見してるけど」

「たしかに典侍の立場であれば、食事に毒を盛るほうが容易だったかもしれません。そうせずに水差しを使ったのなら、何か、水差しでなければならない理由があったのでしょう。これは鳥丸の典侍を尋問してみなければわかりませんが」

「そうだな。それじゃ、希景が納得いくまで試せたら、烏丸の典侍を拘束して尋問。俺はそれまで典侍たちの監視を我慢しながら、飲み食いを含めて身の安全に気をつける。これでいいか？」

「王の安全ではない状態を放置しておくのは本意ではありませんが、秘密裏にことを進めるために、それでお願いします。どうか充分に御注意を」

希景が深々と頭を下げる。

「そもそも千和の王は、あんまり守られてる立場じゃないからな。自分の身は自分で守るよ」

鳴矢は苦笑して席を立った。そして、ふと思う。

淡雪は大丈夫だろうか。

和可久沙が初めに毒の水差しを使ったのが当時の后の冬木だとしたら、いまの后である淡雪にも危険が及ぶ可能性が、なくはないのではないか。現に和可久沙は天羽の后という存在そのものを嫌っている節がある。

……知らせたら、怖がらせるかな。

そもそもしばらく逢いにいけない状況で、どうやってこのことを伝えるかを、まず考えなければいけないわけだが。

「面倒なことになったよなぁ……」

思わずこぼすと、希景も眉間に二本、くっきり皺を寄せてうなずいた。

◇　◇　◇

鳴矢が来ない。

仕方ないことだとはわかっている。どうやら和可久沙は、鳴矢が夜殿にいるあいだ、とことん動向を見張っていることにしたらしい。朝夕はもちろん就寝後にも、和可久沙か、あるいは和可久沙に忠実な内侍司の女官が、誰かしら寝所の隅の椅子に座って待機しているのだ。さぞ窮屈だろうが、鳴矢はよく耐えている。

これもしばらくの辛抱だということは、鳴矢自身から教えてもらっていた。

和可久沙らの監視が始まってすぐのころ、鳴矢はいつもなら寺に行く時間に外出せず、昼殿に一人でこもっていたことがあったのだ。淡雪はそれを『目』で見ていた。今日は出かけないのか、昼過ぎに仕事とは珍しいと思っていたら、鳴矢が目の前に小さく『火』を点し、机に紙を広げ、何やら書き始めた。――これを読んでいたら、小鳥を使って合図してほしい、と。

鳴矢は『目』で見られていることを前提で、昼殿にいたのだ。そして自分に何かを伝えるために「書いて読ませる」という手段をとっているのだと、淡雪は理解した。淡雪はすぐに炎の色の小鳥を呼び、返事をしてくれるように頼んだ。そして小鳥が羽をちかちか光らせると、鳴矢が点していた『火』も、同じように点滅した。それを見た鳴矢はうなずくと、すぐにまた筆を手に取った。

知らされたのは、割れた孔雀柄の水差しのことだった。

その水差しのことと割れた経緯は、以前、夜に訪ねてきた鳴矢の雑談の中で聞いていた。その水差しを使って二代前の后が病になり、女官たちのあいだで呪いの孔雀と呼ばれていたことも。

まさかその水差しに、毒が仕込まれていたとは——

蔵人頭が鼠を使って詳細を調べているので、そちらも念のため、口に入れるものを含めて身辺に気をつけて、と鳴矢は記していたが。

……危ないのはわたしじゃなくて、鳴矢だわ。

和可久沙は鳴矢に水差しを使わせようとしたのだ。用心すべきは自分ではない。

それから淡雪は、時間の許す限り、和可久沙を『目』で見張ることにした。

鳴矢に危害を加えさせはしない。『見る』ことで鳴矢を守るのだ。

和可久沙の言っていた「数多の仕事」が、後宮の見まわりや役人、商人らとの面会だという話は、紀緒から聞いた。朝夕は王の世話に関わっているのだから、和可久沙がそれらのことをしているのは、王が合議や執務、外出しているあいだということになるだろう。

たしかに和可久沙は昼までの時間、つまり王が仕事のあいだは、他の内侍司の女官たちとともに昼殿の掃除をしたり――もっとも、これは指図するばかりで、自ら働いてはいなかったが、それから他の司を見まわったりしていた。

昼から夕刻までの王の自由時間は、内侍司の女官たちもある程度は好きにすごしていいようで、香野はよく恋人の真照に逢うため蔵人所へ顔を出していたし、掌侍たちは内侍司に待機しがてら、菓子を食べたり何かで遊んだりとくつろいでいた。

そんな中で和可久沙はほとんど毎日後宮の門をくぐり、蔵人所のある建物のひとつ西側にある建物に向かった。そこには三つほどの役所が入っているようだったが、和可久沙がいたのは、よりによって中宮職《ちゆうぐうしき》だった。

官職のことにあまり詳しくない淡雪でも、その役所の名は知っていた。后の衣食住を担う部署なのだ。紀緒が冬殿の庭に夜殿と同じ八重桜を植えるよう依頼したのも、中宮職だったという。

和可久沙は、その后のための役所の一角に自分専用の部屋を設け、そこで日に何人もの役人や商人と面会していた。

ある役人は揉《も》み手《で》をして和可久沙を褒めたたえながら、次の除目で昇進できるよう取り計らってほしいと哀願し、ある役人は同じ役所の誰それがとんでもなく生意気で無能なので、どこか地方の役所に飛ばす方法はないものかと、わざとらしい弱り顔で訴え、ある商人は手土産を差し出しつつ、大陸との交易でぜひ便宜を図ってほしい件があるので、合議に出られる参議以上、できれば中納言以上の誰かを紹介してもらえないかと頼みこんでいた。

和可久沙は鷹揚《おうよう》な態度でそれらに耳を傾け、まぁお困りでしたら微力ながら何とかいたしましょうと、後宮では一度も見たことがない、それはそれはほがらかな笑顔で請け合っており——いったい後宮の女官にそんな権限があるものかと、淡雪をあ然とさせた。

だが和可久沙のもとを多くの役人や商人が訪ねているのも事実で、なるほど、これほど大勢に媚《こ》びへつらってもらえるなら、年若い王の世話も大嫌いな天羽の后の管理も、ばかばかしく面倒になるだろうと、何やら納得してしまった。

とはいえ、ばかばかしいだけでは王に害をなそうとまではしないだろう。それなら鳴矢の命をおびやかす、どんな理由があるというのか。いや、そもそもこれは、和可久沙個人の考えなのか。誰かと共謀している可能性は。

手がかりになるものはないかと、淡雪は和可久沙の監視を続けた。

そうして鳴矢の顔を見たいのを我慢して、役人や商人にちやほやされる和可久沙を見ているうちに気がついた。皆、和可久沙の御機嫌をとっているようで、実は別の誰かへのつなぎを期待しているのだ。

考えてみれば当然だ。典侍が後宮で尚侍に次ぐ、実質的にはそれをしのぐ立場を持ってはいても、それは後宮内だけの立場にすぎない。役人の査定も他国との交易も、政の一環である。

そしてこの千和で政の中心にいるのは、八家――現在の七家のみ。すべての政を決定する合議に参加できるのは、神官家を除く六家と、七家に準じる一部の豪族だけであるが、並の役人でも、訴えたい内容が政に関わることなら、役所を通じて合議の議題になるようにすればいい。だが和可久沙を訪ねている役人や商人の要望は、どれも個人的なものばかりだ。

役人や商人たちは、後宮の典侍に、いや、鳥丸和可久沙という者に頼めば、合議に参加できる立場の誰かに要望を伝えることができると知っているのだ。これほど毎日引きも切らず誰かが訪ねてくるということは、実際に和可久沙に依頼すれば、訴えは七家の誰かしらに届くのだろう。

そういえば、和可久沙の鳥丸家は七家の繁家に縁のある豪族だと、以前に聞いた。しかも和可久沙自身、六十五代目の三実王と親密だ。退位して二十数年経った王に、どれほどの政治的な力があるのかは謎だが、少なくとも頼ってきた役人や商人には、現在の家長が左大臣を務める繁家とのつなぎは作ってやれるはずだ。

和可久沙は引き受けた要望をすべて書き記し、まとめて所持していたが、それらをどう扱っているのかはわからなかった。ところが、あるとき少し鳴矢の顔を見たいと思って合議が行われている朝堂院を『目』で見にいくと、何故か和可久沙が部屋の外に立っていたことがあったのだ。

こんなところでいったい何をしているのかと思いきや、合議が終わって王、大臣、大納言、中納言たちが退出し、最後に深緑色の袍を着た参議らが部屋を出ると、その参議の一人を和可久沙が呼び止めた。

能虎《よしとら》様、と和可久沙は声をかけていた。ひょろりと背が高く、口元の髭《ひげ》をきちんと整えた、和可久沙と同じくらいの年齢の参議は、どこかぎこちなく見える笑顔で和可久沙から木簡の束を受け取ると、ひと言ふた言、言葉を交わし、そそくさと歩き去った。そこで手渡されていたのが要望を書き記した木簡の束だ。繁の左大臣ではなく、どうやら参議の一人にすべてつないでいたらしい。合議を覗いている限り、参議たちにはあまり強い決定権はないようだが、それでも政の場では七家に次ぐ立場だ。

不可解なのは、『目』で見ている限り、和可久沙が鳴矢を害さなければならない理由が、まったく読み取れないことだ。

後宮では王を意のままにしようと躍起になっているが、女官としての職務を離れたところでは、和可久沙は王のことなどいっさい気にしていない。まがりなりにも当代の王に危害を加えようというなら、もっとそこを意識した言動がどこかで見られそうなものだが、和可久沙の様子からそうした緊張感はうかがえなかった。

だが、現に孔雀の水差しから毒と思《おぼ》しきものが見つかっている。鳴矢の命が危うくなりかけたのも確かなのだ。

その毒のようなものを、希景が調べているという件はどうなったのだろう。結果はまだわからないのか——

気を揉みつつ和可久沙を見張り続けて、十日目。

淡雪は、昼をすぎていつものように中宮職へ向かおうとしていた和可久沙が、香野に呼び止められるところを『目』で見た。

「烏丸の典侍。王が、昼殿へ来るようにと仰せです」

香野の表情は少し強張《こわば》っている。——これは。

「あとで伺いますよ。わたくしは忙しいので」

「御命令です」

一度は召喚を無視しようとした和可久沙だったが、香野の強い口調に、渋々昼殿のほうへ足を向けた。淡雪も昼殿へ行く二人のあとを追う。

香野が扉を開けると、部屋の奥の椅子に険しい面持ちで座っている鳴矢、その傍らにいつもの無表情で立つ希景、そして扉の近くには落ち着かない様子の真照がいた。

香野と和可久沙が部屋に入ると、退路をふさぐように真照が扉の前に移動する。

「何の用です。こちらにも都合があるのですよ」

和可久沙は声を張り上げ部屋の中央まで進み出たが、香野は逆にするすると後ろへ下がり、真照の横に並んだ。

「そこで止まれ」

希景の厳しい語気に、和可久沙は思わずといったふうに足を止める。

部屋の真ん中に突っ立った和可久沙を、鳴矢は両の肘掛けにゆったりと腕を置き、泰然と見すえていた。

「何なのです。用件を――」

「ひとつ尋ねる」

いら立つ声をさえぎって、鳴矢が厳かに呼びかける。

「典侍の職を辞する気はあるか、鳥丸和可久沙」

「……は？」

訊き返したそのひと声には、侮蔑の色がにじんでいた。

「何と言いました？　職を辞する？　何のために。すべての女官は齢《よわい》五十まで勤めを続けることができると、後宮令にも記されているでしょう」

「ならば、おまえも五十までその職に留《とど》まるか」

「当然です。もっともわたくしは、次の年が明けたら五十になりますがね。とはいえ今年のうちは典侍でいますよ」

「王が辞めろと命じてもか」

「何を馬鹿なことを。王にも誰にも、そんな権限はない。それも後宮令に記載されています。それくらいお読みなさい。女官が職を辞するか否か、決めるのは、ただ己の意思によってのみです」

和可久沙が勝ち誇ったように顎を上げる。

「かつて愚かな王が、そのときの気分で気に食わない女官を次々辞めさせたせいで、後宮の営みが立ち行かなくなった。だから後に、後宮令という定めができたのです。王といえども、わたくしに辞めろなどと命じることはできませんよ」

「そうだな。辞めさせることができるのは、当該の女官が明確に何らかの罪を犯したときだけだ」

「おや、知っているのではありませんか。ええ、そうですよ。ですから、王が典侍の職を奪うことなど、許されないのです」

「ああ」

探るような目を和可久沙に向けたまま、鳴矢は短く返事をした。

「たしかに辞めさせることはできない。たとえ典侍が王に対して無礼な態度をとろうとも、后をないがしろにしようとも、それ自体を罪には問えないからな」

「そのとおり。わかっているなら、二度とわたくしに無駄なことを訊くものではありませんよ。王も后も、ただの飾りです。千和を真に動かしているのは、七家の合議。わたくしはその合議によって承認された典侍です。王に合議で定められた人事を覆す権限などないこと、よく肝に銘じておきなさい」

そう言い捨て、踵を返し——次の瞬間、和可久沙の眼前に火柱が噴き上がる。

「……っ!?」

「誰が下がっていいと言った」

目を剝いて振り返った和可久沙が見たのは、先ほどと変わらず落ち着き払って椅子に座っている、鳴矢の姿。

「話はこれからだ。それとも、そんなに私の前から逃げ出したいか」

「だ、誰が逃げるなど……!」

いまいましげに、しかし和可久沙はもう一度だけ背後に目をやった。火柱は一瞬のことで、いまはもう何もない。また下がろうとすれば下がれたはずだが、和可久沙はそうはせず、唇を嚙《か》んで鳴矢のほうに向き直る。

鳴矢は眉ひとつ動かしていない。

「後宮令の内容ぐらい把握している。私はただ気分で典侍を辞めるか尋ねたわけではない」

「知っているなら……」

和可久沙の表情に、ふと、不安げな影が差す。……ようやく気づいたのだろうか。

鳴矢の口調も雰囲気も、普段とはまるで違うということに。

「自ら辞する気がなくとも、罪人を要職に置いておくわけにはいかない」

「……罪、人？」

「身に覚えがあるだろう、鳥丸和可久沙」

「何のことか……」

するとと鳴矢の脇に立っていた希景が、自身の背後に隠すように置いてあった小さな卓を持ち上げ、和可久沙にも見えるように前に置き直した。卓の上には布が広げられていて、その中に幾つかの白い破片が並べてある。

「これは先だっておまえが王に無理やり使わせようとして落として割った、孔雀柄の水差しの一部だ」

今度は希景が、常より威圧的な語調で告げた。

「この水差しの破片から、毒が見つかった」

「――毒!?」

「水差しの内側に塗られていた。白湯を入れると毒がしみ出し、飲んだ者を害する」

希景の言葉に、和可久沙は目を見開いて絶句している。

「おまえが執拗《しつよう》にこれを王に使わせようとしていたと聞き、私が鼠を使って調べた。この水差しの、胴と底の部分の破片を浸した水を飲んだ鼠に、異変が生じた。死んだものもあった」

「……」

「割れたために結果として使われずにすんだが、もし王が、この水差しで白湯を飲まれていたら――」

「し……知らな……」

和可久沙は真っ青な顔で、うめくように言った。

「知らない、そんな……そんなこと、わたくしが、するわけが」

「水差しに毒が塗られていたこと、おまえが王にその水差しを使わせようとしていたことは、厳然たる事実だ。おまえは典侍でありながら、王を害そうとした」

「ですから、知らないと言っているでしょう！」

両の袖を振り、和可久沙が金切り声を上げる。

「わたくしは、お預かりしていただけです！　あの水差しは――」

弁明は急に途切れた。

和可久沙は呆然《ぼうぜん》と、何もない空を見つめている。

「誰から預かったと？」

尋ねた鳴矢の口調は穏やかといえるほど静かだったが、下手な言い逃れは許さないという、冷たい重みがあった。

「……それは、その……」

「そういえば、三実王が愛用していたと言っていたな。私のように粗野な者は、この水差しを使って、三実王を見習えと」

「……」

「なるほど、三実王からの預かり物か。かつての王から預かった水差しで当代の王に毒を盛って殺そうとは、いい度胸だ」

「違います！　そんなつもりは……それに、お預かりしたのも、何年も前のことで」

「いつ預かろうと、水差しに毒が仕込まれていて、それをおまえが私に使わせようとしたことに違いはないがな」

鳴矢の突き放した言い方に、和可久沙が絶望的な顔をする。

「本来なら、すぐに身柄を牢《ろう》に送るべき事案だが――」

言いながら、希景が破片を広げた卓を部屋の奥に引っこめた。

「まさか後宮内に王を害そうとする者がいたなど、当代の御世《みよ》の汚点になる。ゆえに自ら辞する気はないか問うたというのに、それを拒むとなると」

「えっ!?」

「牢に準ずる場所に留め置くしかない。――烏丸和可久沙、内侍司のおまえの自室を仮の牢とし、当面そこに身柄を置くこととする」

「な……」

和可久沙はひたすら、首を横に振っている。だが鳴矢も希景も表情を変えない。いつのまにか香野と真照が和可久沙の両脇に立っていて、それぞれ和可久沙の腕をしっかり摑んでいた。

「これは極秘の処置だ。私を害そうと目論《もくろ》む者が、おまえ一人とは限らないからな。おまえの身辺の調査がすむまで、烏丸の典侍は病で寝こんでいることにしておく」

「……」

「おまえの言うとおり、私は粗野な王だ。あまり寛大な処置は期待するな」

読めない表情で淡々と告げる鳴矢を、和可久沙は初めておびえた目で見ていた。

第二章　囚《とら》われの身の上

　鳴矢と希景による尋問の直後、和可久沙は内侍司の一室に、兵司の監視付きで閉じこめられた。同じ日に和可久沙に忠実だったもう一人の典侍と掌侍二人も昼殿に呼ばれ、詳細は伏せて、ただ和可久沙が王に対して不正を行った罪で捕らえられた、とだけ伝えられた。

　関与を疑われた典侍と掌侍の三人は、自分たちは何も知らない、不正の心当たりもない、これまで和可久沙に従ってきたのは、和可久沙が長く勤めている上役だからであって、個人的なつながりはいっさいないと涙ながらに必死に訴え、さらに三人とも女官を辞めると言い出した。

　鳴矢と希景は、三人の身辺を調べたうえで間違いなく潔白と判明してからでないと家には帰せないこと、後宮にいるうちは和可久沙が捕らえられている件を決して他言しないことを約束させ、三人の辞職を認めた。

鳴矢たちが三人を尋問しているうちに、外では雨が降り出していた。一時はかなり強く降ったものの、しばらくして小止《こや》みになったが、夕刻にはまたぱらぱらと雨粒が落ちてきていた。

和可久沙が捕らえられた。

それはつまり、十日に渡った内侍司による鳴矢の監視も終わったということだ。

……雨が降っている、けど。

先ほど夕餉《ゆうげ》をすませて、掃司ももう下がった。

簀子《すのこ》を叩く雨音を聞きながら、淡雪は桜の枯れ枝に止まっている炎の色の小鳥を、じっと見つめていた。

鳴矢の『火』で作られた小鳥。鳴矢がここへ来るときは、小鳥が朱の色から青白く変わる。そういうことになっている。なっているのだが。

「……遅くなるのかも、ね」

雨だけではない。和可久沙のことで、まだいろいろ忙しいだろう。

とはいえ、長雨に入ってもどうにかして来ようとしていた鳴矢が、監視の解かれた夜に来ない、とは考えられないのだ。

色の変わらない小鳥を眺めながら、ちょっと『目』で様子を見にいってみようかと考えていた、そのとき。

裏口のほうで鈍い物音と、痛ぇ、という叫び声が聞こえて、淡雪は反射的に部屋を飛び出していた。

雨夜だというのにあたりは明るく、『火』の塊の下で、頭に大きな笠を被《かぶ》った鳴矢が、簀子に屈《かが》んで左の脛《すね》をさすっている。

「……もしかして、またぶつけたんですか？」

「はは……焦ったらつまずいた……」

鳴矢は照れ笑いを浮かべつつ立ち上がり、笠を外して簀子に置いた。

「うわ、結構泥はねてるな……。気をつけたつもりだったんだけど」

よく見ると、鳴矢は夜着の裾をたくし上げて帯にはさみこんでいる。これなら衣は濡れないだろうが、むき出しになっている膝から下は、たしかに泥で汚れてしまっていた。

「あ……泥、落としましょう。いま、お湯と拭くものを持ってきますから」

言い置いて、淡雪は急いで湯殿へと向かう。

後宮の湯殿には温泉が引かれているため、中は石造りで、床より低く掘りこまれた湯船に、常に流しこまれる湯がたまっていた。淡雪は夜着の袖をまくりながら湯殿に入り、湯をくむために桶《おけ》を持って湯船の縁に屈む。

「淡雪、足なら自分で洗うから……」

「え？」

外から鳴矢の声がしたが、湯の流れる音でよく聞こえず、湯の入った桶を手にしたまま振り返ろうとして――裾を踏んでしまった。

声を上げる間もなく、淡雪は派手な水音を立てて湯船に落ちる。

「淡雪!?」

とっさに桶を手離せず、しかも肩から落下したため、完全に頭が湯に沈んでいた。足をばたつかせたところで起き上がれもしなくて、したたか湯を飲んでしまう。

と――先に落ちたほうの肩と頭を抱えられ、ざぶりと湯から引き上げられた。

「淡雪！　淡雪!?」

「……っ」

思いきりむせこんだその背を、鳴矢が強くさする。

「何、どうしたの!?　何で落ちた!?」

「っそ……裾、踏んで」

「えっ？」

「……お湯、くんで、立とうと、したら……」

「え。あ、ああ……急に気分が悪くなったとかじゃなくて？」

「違います……」

飲んだ湯を吐き出し、何度も大きく呼吸をくり返して、ようやく落ち着いてきた。

淡雪はふうっと深く息をつき、濡れて顔に張りついた髪を掻《か》き上げる。

「すみません……。もう、大丈夫です」

「どっか打ったりしてない？」

「それは、ないです。お湯に落ちただけですから……」

顔を上げると、鳴矢もほっと肩の力を抜いたようだった。

「あー、よかった……」

「ごめんなさい。驚かせましたね。わたしも焦ったみたいです」

「いや、俺が先に足を洗わせてって言っておけば――」

鳴矢の安堵の表情が、突然固まった。背中に添えられていた手も急に離れる。

「……鳴矢？」

その視線の向いた先をたどり――淡雪も思わず、あっと声を上げた。

湯から引き上げられ、石の床にそのまま座りこんだ淡雪の衣の裾は大きくはだけ、足が腿《もも》まで露わになっている。そのうえ濡れて肌に張りついた薄い夜着が、体の線をはっきり浮き立たせてしまっていた。

天井近くに明かり取りの小窓しかない湯殿は、本来ならこんな時刻はほとんど暗闇で、どんな格好をしていようとさほど見えるはずもないが、いまは頭上にある鳴矢の『火』があたりを煌々《こうこう》と照らしていて――よりによって、昼間の湯殿より明るい。

淡雪は乱れた裾を素早く直したが、少々取り繕ったところで、いろいろと手遅れなことはすでに覚っていた。これはさすがに、かなり恥ずかしい。

決まり悪さを顔に出さないよう努めつつ目を上げると、口を真一文字に引き結んだ鳴矢が、あさっての方向へ首をひねっていた。

「……いいですよ、いまさら見なかったふりをしなくても」

「や、えー、その……もう一回見ちゃったら、ちょっと、取り返しがつかないことになりそうな気が……」

口の中で何かもごもご言いながら、鳴矢は淡雪から不自然に視線を外したまま後ずさろうとする。だが中途半端に腰を折った姿勢だったせいか、踵《かかと》がわずかな石の段差に引っかかり、鳴矢までもが尻餅をついた。

「ぉわ……」

「鳴矢！」

勢いでひっくり返りそうになった鳴矢の腕を、今度は淡雪があわてて引っぱる。

「大丈夫ですか。もう……！」

「あー、結局こうなったか……」

濡れた床に完全に座りこんでしまい、鳴矢は頭を掻いて苦笑した。

「せっかく十日ぶりに逢えたのに、かっこ悪いな、俺」

「え。いえ、これはわたしのせいで……」

言いかけて。

目が、合った。

先に手を伸ばしたのは、どちらからだったか。

抱き合うというよりもすがりつくように、互いの首と背に腕をからめ、十日という時間を唇で埋めようとする。

言葉はなく、水音だけが絶え間なく響いていた。

閉じたまぶたの裏に、変わらず頭上から照らしているはずの炎の色がちらつく。

濡れた髪から流れ落ちる雫《しずく》はとっくに冷えているのに、体は芯から熱かった。

気が遠くなりそうなほど深い口づけの合間に、鳴矢の手が頬をつたう水滴を拭う。

薄く目を開けると、唇を重ねながら、鳴矢は目を閉じていないことに気がついた。

見ていたのだろうか。ずっと。

自分でさえ、自分がどんな顔をしているか知れないというのに。

鳴矢の手はもう頬から離れ、髪から肩、背中へと、忙《せわ》しなく移っていく。そのうち濡れた布越しに不穏なところまであちこち探り始め、そのたび淡雪はまつ毛を震わせ小さく身じろいだ。

冷たいのか熱いのか、わからない。

ただ水音と、短い息づかいだけが耳に響く。

どれほど時が経ったか、のぼせたように頭がぼんやりしてきたころ、わずかに唇を離した鳴矢が、微かに笑った気配がした。

いつのまにか閉じてしまっていた目を開く。

その鳴矢の表情は、常よりだいぶ大人びて見えた。

「……」

何か言おうとしていたのに、やさしさと獰猛《どうもう》さの入り混じった目に見つめられて、何もかもが流れ落ちる。

話したいことはたくさんある。でも、あとでいい。

淡雪は再び目を閉じた。


「……体、冷えていませんか？」

「俺は平気。淡雪は、ちゃんと湯に入り直したほうがよかったんじゃないの？」

「また髪を乾かすのは手間ですから。着替えましたし、大丈夫です」

湯殿を出たところの部屋で、淡雪は新しい夜着を身に着け、手拭いで生乾きの髪を押さえていた。

棚には湯帷子《ゆかたびら》と手拭いがまだたくさん用意されていたが、掃司の女孺《にょうじゅ》たちが、洗い物が乾きにくい時季になったとぼやいていたのを思い出して、これ以上の余分を使うのは申し訳ないと、もはや水気を吸わなくなった手拭いで、毛先を懸命に叩く。

「あの、わたしはもう少し髪を乾かしていきますから、あなたは先に上がって……」

「ん？　いや、待ってる」

背を向けているので状況はわからないが、鳴矢のほうはもう体も髪も拭き終わり、雨ではなく湯で濡れてしまった夜着は、今日の夕方淡雪が湯浴《ゆあ》みのためにここで脱いだ、明日掃司が処分するはずの単《ひとえ》の衣に──乾いているし単なら大きめだからこれでいいと鳴矢が言うので、着替えているはずだった。

はず、というのは、鳴矢に湯帷子と手拭い数枚を手渡してから、自分が着替えをしているあいだ、ずっと背を向けて一度も振り返っていないからである。

鳴矢の身支度を手伝うつもりはあったのだが、湯殿であれこれと──最後の一線は越えないまでも、その寸前まではされてしまったせいで、いま、気恥ずかしくて顔を見られないのだ。これまでがおとなしすぎたと思えるほど、明らかに、何というか、接触の度が過ぎた。

あれでよくぎりぎりで踏みとどまれたものだと内心で感心しつつ、そこで止まればいいというものでもない。よく止まれたと感心はしながら、どうしてそこで止めるのかと、若干の腹立たしさも、なくはない。

そんなわけで、気持ちが落ち着くまで、もう少し時間がほしかったのだが。

「いえ、待たなくても……」

「待ってる。淡雪がかわいいから」

「……」

どういう理屈なのか。

「照れてこっち向けない淡雪がかわいい。見てないなんて、もったいない」

「……悪趣味ですね」

どうも鳴矢のほうが余裕な様子だ。それも悔しい。

背を向けているのをいいことに、思いきり唇を尖らせて、髪をごしごし拭いていると、ふいに背後から手首を掴まれた。

「そんなにしたら、髪がからまる」

「……」

「後ろ姿もかわいいけど、そろそろ顔が見たい。……もういい？」

顔が見たいと言いながら、鳴矢は無理に振り向かせようとせず、背中から腕をまわして抱きしめてくる。

「……まだ、だめです」

「じゃあ、十待つ。一、二、三、四……」

数える間に手拭いを取り上げられ、籠に放りこまれた。

「……五、六、七、八」

待つ気などないのは明白で、七まで数えたときにはもう膝裏に腕を差し入れられて足が浮き、すくうように抱き上げられる。

「九、十。はい、行こう」

「もう……！」

鳴矢は着替えの間を出ると、軽快な足取りで階を上がり、肩で押して戸を開けた。抱えられたまま部屋に運ばれた淡雪は、丁重に寝台に下ろされる。

「隣りに座っていい？」

「……どうしていちいちそんなこと訊くんです」

「淡雪がこっち見てくれないから」

「わたし、まだだめって、言いましたよね」

「……ちょっと意外だな。淡雪がここまで照れるって」

本当に意外そうに言うため、淡雪は思わず顔を上げ、鳴矢をにらんだ。

「あそこまでされて、わたしが恥ずかしいと思わないとでも？」

「淡雪、肝が据わってるっていうか、思いきりがいいからさ。ああいうときも、案外そうかなって」

　これで茶化すような素振りでも見せていたら頰をつねってやったかもしれないが、鳴矢は思いのほか真面目な面持ちで、淡雪の顔を覗きこんでいる。

「……だから、止めはしなかったでしょう」

　一度は目を合わせたものの、やはりまだ落ち着かなくて、淡雪はすぐに顔を伏せてしまった。

「うん。嫌がられたらそこでやめたと思うけど、淡雪、どこまでも許してくれるし、だから俺も、どこで止めればいいのかわからなくなって」

「……わたしのせいですか」

「俺が突っ走っただけだよ。十日も待たされて。……淡雪はほんとに全部俺に許してくれるつもりなんだって、うれしかった」

「……わたし、あなたの妻ですよ」

「うん。そうだね」

　まだ顔は上げられなかったが、淡雪は自分が座っている横の、空いたところを二度叩く。すると鳴矢はすかさず寝台に上がってきて、また淡雪を背後から抱きしめた。

一応、顔を見ないように気を遣ってくれているらしい。

「次に、ああいうことをするときは……」

「ん？」

「せめて、『火』は消してください」

「あ。もしかして、明るいから恥ずかしかった？」

「……」

淡雪は軽くため息をついた。そこは確認しなくていいというのに。

「あんなに閨《ねや》を明るくしていた夫婦は、天羽の里でも見たことありません」

「ああ……なるほど。うん、ごめん。さっきはどうしても、淡雪の顔、ちゃんと見たかったから」

「……顔だけ見ようとしていたとは思えませんでしたけど？」

「全部です。ごめんなさい」

鳴矢が淡雪の肩に、後ろから額をあずけてくる。

こうやって、いつも正直すぎるから、結局何でも許してしまうのだ。淡雪は小さく笑って、鳴矢の腕を軽くさすった。

「いいですよ、もう。……こっちを向いても」

許可が下りるなり、鳴矢はぱっと頭を上げ、いそいそと淡雪をいつものように膝に横抱きに座らせる。

「あー、やっぱりこれが落ち着く……」

「ちょっ……鳴矢、あなた帯は。前がはだけているじゃないですか」

湯殿から出て、とりあえず着られる乾いた衣が、淡雪が脱いだ単しかなかったとはいえ、本当にそれ一枚引っかけただけの格好だとは思わなかった。

「いいよ、これで。あと寝るだけだし」

「それはちょっと……。いま、帯を持ってきますから」

「いいから、いいから。ここにいて」

淡雪は寝台を下りようとしたが、鳴矢にしっかりと抱きかかえられて、その膝から下りることさえできない。

「やっと逢えたんだからさ。時間が惜しいんだよ」

「……お腹《なか》、冷やさないようにしてくださいね」

「大丈夫、大丈夫。淡雪とくっついてれば冷えないから」

そうは言っても女物の単は鳴矢にはやはり小さく、肩のあたりが窮屈そうだ。

「……今度、あなたの夜着の替えを用意しておきます」

「ああ、また雨だったら着替えがいるよなぁ」

窮屈そうでもそれを気にする様子もなく、鳴矢は淡雪のこめかみに口づける。

「でも、もっと強い雨のときは……」

「来るよ」

無理して来なくてもいいと、言おうとしたのだが。

「雨でも雪でも嵐でも、淡雪に逢いたくなったら、ここへ来る」

「……」

「俺には足を使って直接訪ねるしか、淡雪の顔を見る方法はないから」

間近で目を覗きこまれる。生乾きの髪を梳《す》く指先がやさしい。

「逢いたかった。……逢って、こうやって淡雪に触りたかった」

「……それは、わたしも同じです」

「でも、俺のこと見てたよね？」

「この十日は、あまり見られませんでした。鳥丸の典侍を見張っていましたから」

「え？　俺じゃなくて？」

「だって、毒だなんて……。そんなことを知ったら、のん気にあなたばかりを見ても
いられません。鳥丸の典侍がおかしな真似をしやしないか、気になって」

「なーんだ、そっち見てたのかぁ。……ああ、いや、ごめん。心配かけたんだな」

鳴矢は、淡雪の頭に額を押しあてた。

淡雪も少しはだけた鳴矢の胸元に、そっと手を当てる。あたたかな――生きている

者の肌。

「心配しました。あなたの顔を見て安心したかった。でも、もしあなたに危険が及ぶような気配があったとしたら、それを見逃すほうが怖かった……」

「……淡雪」

目を閉じて、鳴矢の熱をより多く感じようとする。手のひらに伝わる力強い鼓動。

「淡雪、こっち見て」

呼びかけられて目を開けると、鳴矢の真剣な表情がすぐそばにあった。

「鳥丸の典侍は捕らえた。典侍に特によく従ってた内侍司の三人も、辞めることになった。だから、少なくとも後宮では、もう俺の命をどうこうしようとする者はいない」

「……はい」

淡雪はふっと息をつき、微笑んでみせる。

「今日の昼からのこと、見ていました。だから今夜は、きっとあなたが来ると思っていました」

「うん。そのために、今日一日でまとめて片付けたんだ」

「小鳥の合図がなかったので、もっと遅くなるのかと思いましたけど……」

「あ。ごめん、忘れてた。とにかく早く淡雪に逢おうって、それしか考えてなくて」

鳴矢は首をすくめ、でも、と言った。

「これからは、合図しなくてもいいかな。毎晩こっちに来るし」

「えっ？」

「あ、昼間も来られるな。もううるさいこと言われなくなるから」

「あの、鳴矢、ちょっと――」

鳴矢の胸に寄りかかっていた淡雪は、あわてて顔を上げる。

「いくら典侍がいないとはいえ、急にそんなことをして大丈夫なんですか。典侍以外に、危ない人は一人もいないんですか？」

「それは……まぁ、いないとは言い切れないかな」

「でしたら、いきなり習慣を変えるのはやめてください。後宮にはたくさんの女官がいます。誰が何を思ってここで働いているか、わからないのですから」

和可久沙は「天羽の女」を嫌っていた。それが個人的な感情だったとしても、行動は時に感情によって引き起こされるものだ。和可久沙と同じように天羽の后を嫌う者、あるいは淡雪という女を嫌う者、もしかしたら王、もしくは鳴矢を嫌う者も、いないとは断言できない。人が誰かを嫌う理由は、常にその一人の心の内にあるものだ。

「あなたが堂々とここへ出入りするようになって、それが人目につけば、いずれ後宮の外にもその話は漏れるでしょう。それがあなたの立場を悪くするかもしれません。

あなたが絶対に安全だと言い切れるようになるまでは、どうかこれまでどおり、慎んでください」

単の襟を強く摑み、淡雪は必死に訴える。鳴矢は落ち着いてそれを聞いていたが、やがて、くしゃりと破顔した。

「……久しぶりに逢えた今夜ぐらい浮かれさせてくれてもいいのに、淡雪はほんと、しっかりしてるなぁ」

「鳴矢」

「わかってる。まだできないんだよな、普通の夫婦みたいに。……鳥丸の典侍を捕まえたって毒の一件は解決してないし、そもそも俺は親父《おやじ》が殺されてて、誰の仕業か、いまだにわかってない。俺はたぶん、自分が思ってる以上に、あんまり安全な身じゃないんだろうな」

自覚していないわけではなかったのだ、鳴矢も。己につきまとう、不穏な何かを。

「……昼も夜も、本当は、あなたが来てくれたら、すごくうれしい……」

「うん。気をつけながら、なるべく逢いにくる。もちろん危ないことがないように、それを一番に考えて」

「……はい」

にじんできた涙を抑えるために、うつむいて目を瞬かせる。

「淡雪がなるべく心配しなくてすむようにするよ。ほら、俺、これでも一応、王だから。俺が身を守れるように協力してくれる連中もいるし」

「……わたしも、見ています」

「それも頼もしい」

鳴矢は淡雪の顎をそっと持ち上げて仰のかせ、笑みの形の唇を寄せてきた。やわらかく嚙むような口づけに、ようやく淡雪も肩の力を抜く。

「解決……してほしいですけど」

「水差しの毒の件？」

淡雪の髪を撫でながら、鳴矢はちょっと眉間を皺めて首をひねった。

「どうも、鳥丸の典侍が黙りこんじゃったみたいなんだよなぁ。あれから香野が少し尋問しようとしたらしいんだけど、何もしゃべらないって」

「鳥丸の典侍一人の企てとは、思えないのですが……」

「それは俺も、そう思う。——あの典侍を見張ってて、どうだった？」

「あ、それが……」

淡雪はこの十日見ていた和可久沙の動向を、鳴矢に説明する。

「……鳥丸の典侍が中宮職の部屋を勝手に使ってるって話は、聞いたことがある」

「勝手に、なんですか」

「誰も許可を出した記録はないんだけど、もう二十年以上前からのことだから、誰も意見したりしてないって、中宮大夫が言ってた」

おそらく、意見をするとかえって面倒だから見て見ぬふりで放っておいた、というのが実情だろう。

「参議の方には、心当たりはありますか？」

「松枝《まつえ》能虎だと思う。松枝家は繁家に近い豪族で、能虎は十年ぐらい前に参議になってる。でも、たしか来年で五十になるから、そうしたら退官して、別の豪族が参議に昇格するだろうな」

「……また繁家ですか」

「鳥丸の典侍も繁家とのつながりが強いから、そういう縁で頼みごとの仲介やってるのかもしれない。典侍から参議、繁の左大臣って話が通じれば、要望を聞いてもらえる可能性がある」

鳴矢は口の片端をゆがめて、ふーん、と何度かうなずいた。

「それは、今回の件とは関係ない……でしょうね？」

「と思うけど、これも絶対とは言い切れないな。希景と相談したほうがよさそうだ」

「わたしが『目』で見たことですよ？」

鳴矢はこの力を受け入れてくれたが、あの蔵人頭は警戒するはずだ。

すると鳴矢は、声を立てて笑った。

「言わないよ、淡雪の『目』のことは。秘密にするって約束しただろ。誰から聞いたなんてわざわざ言わなくても、話はできるよ。浮家には希景の命令でいろいろ調べる手伝いをする人材がいるんだから、俺にだって、そういうのがいてもおかしくない」

「……あ。そう、ですね」

鳴矢個人に命じられて動く間者のようなものからの情報だと言えば、たしかに希景も正体を問いただしたりはしないだろう。

「鳥丸の典侍は、しばらく病ということに……？」

「そのつもりでいる。典侍の動きがなくなったら、それを受けて他の誰かが何かしら行動を起こすかもしれないから。合議にも報告しないし、後宮でも典侍は療養で不在ってことにしておく」

「では、わたしもそのように承知しておきます」

淡雪が神妙な面持ちでうなずくと、鳴矢はふっと目を細め、淡雪を腕に収めたまま寝台に横になった。

「えっ……何です？」

「……眠くなってきた。この十日、夜もずーっと見張りがついてたから、落ち着いて寝た気がしなかった……」

「あら」

「もっと淡雪と話したいんだけどなー……」

そう言いつつ、鳴矢は淡雪の首筋に顔を埋《うず》めてくる。

「とりあえず『火』は消して、今日はもう休みましょう。話の続きは、また明日」

「あー、『火』か……」

とたんにあたりが暗くなり、鳴矢の顔も見えなくなった。

だが、ぬくもりはすぐそばにある。

「おやすみなさい、鳴矢」

「……おやすみ、淡雪……」

すぐ寝つくのだろうと思ったが、鳴矢はそれでもしばらく淡雪の髪や背を、惜しむように撫でていた。


「雨の夜中に出歩くなら、そのような格好をしていってください！　まったく、あとのことを考えないで――」

早朝の冬殿に、香野の厳しい声が響き渡っている。

この十日落ち着いて寝られなかったと言ったのは誇張ではなかったようで、鳴矢は淡雪を抱きかかえたままぐっすりと眠り、夜明け前に淡雪が目を覚ましたときにも、鳴矢のほうに起きる気配はまったくなかった。

よほど安眠できていなかったのかと気の毒になり、淡雪が起こすのを躊躇しているうちに、とうとう掃司の三人が来てしまった。しかし以前も鳴矢が淡雪の寝台で寝すごしたことはあったので、三人ともそれほど驚かずにいてくれたのだが、思いのほか鳴矢の寝覚めが悪く、どうしたものかと困っているうち、夜殿の寝台がもぬけの殻なのを見て、鳴矢の行き先をすぐ察知したのであろう香野が、冬殿の表門の鍵を持ってすっ飛んできた。

それで鳴矢が素直に起きてくれればまだよかったのだが、香野が来てもまだ寝台でごろごろしていたあげく、夜着ではない衣を帯も使わずだらしなく身に着けたままの姿だったため、香野から説教される破目になっていたのだ。先ほど灯りの始末に来ていた殿司の衣那が、叱られている鳴矢に笑いをこらえながら帰っていった。

ちなみに淡雪は、掃司の三人が来た時点でどうにか鳴矢の腕から抜け出し、洗面と身支度をすませ、三人と香野に、昨夜自分が鳴矢の足を洗う湯をくもうとして誤って湯船に落ち、それを助けた鳴矢も夜着を着替えなくてはならなくなったと――湯殿で鳴矢からされたことは伏せて状況を説明し、洗い物を増やしてしまって申し訳ないと先にわびておいたので、香野の小言は、そもそも雨中を夜着のまま出かけた鳴矢一人に向いている。

「鳥丸の典侍がいなくなるなり羽目を外して！　后にも御迷惑でしょう！」

「今日ぐらい大目に見ろよ……本っ当に眠かったんだからさー……」

鳴矢はようやく起きたものの、まだ寝台の上にあぐらをかき、ぼさぼさの頭を掻いていた。

「え？　鳥丸の典侍、いないんですか？」

淡雪の髪を櫛《くし》で梳いていた伊古奈が、香野を振り返る。

「あっ。えーと……」

「典侍、昨日突然具合を悪くしたんですって」

淡雪がすまし顔で、香野の代わりに答えた。

「重い病というわけではないけれど、安静にしていたほうがいいらしくて、長く休むことになるんじゃないかって」

「えー、それじゃ、今日から典侍いないんですか？」

「しばらくお小言聞かないですむ……！」

控えめにではあるが、しっかり声を弾ませた伊古奈と沙阿に、淡雪の夜着をたたんでいた紀緒が、呆れ顔でたしなめる。

「ちょっと二人とも。はしゃぐものではないでしょう。それに、鳥丸の典侍が休んでいても、小野《おの》の典侍がいるのよ。小野の典侍だって、なまけていたら見逃してはくれないわよ」

「あ、紀緒さん、小野の典侍も当分いないんですって」

「えっ？」

さすがに紀緒も目を丸くした。

「何か、実家のほうで急な用事？　でしたよね？」

「ぅあ」

淡雪に話を向けられて、鳴矢があくびをしながらうなずく。もちろん『目』で見て知っていたのだが、これで鳴矢から聞いた話だということにできたはずだ。

「えーっ、典侍が二人同時に不在なんて、いままでありましたっけ」

「そんなことあるんですかぁ？」

今度は喜ぶというより、沙阿も伊古奈も困惑の表情になってしまった。

「いないといっても、鳥丸の典侍は内侍司にはいるのよ。内侍司で休んでいるから。それに典侍が不在でも、尚侍の香野さんがいるもの。特に変わりはないんじゃない？」

「え……ええ。見まわりは、ちゃんとします」

典侍たちの話題に香野は少々緊張気味だったが、淡雪に笑顔を向けられ、あわててうなずく。

「そうですよ。あたしだって、締めるところは締めます！　ですから、はい！　いいかげんに戻りますよ、王！」

「寝足りない……」

「あとで昼寝でもしてください！」

香野に急き立《せ》てられる鳴矢に、淡雪は小さく笑った。

「あまり香野さんを困らせてはだめですよ」

「……淡雪が髪を結い終わるまでここにいる」

眠そうにしているわりに、先ほどから何となく視線を感じていたのだが、どうやらこちらの様子を眺めていたようだ。そういえば、鳴矢がいるうちに身支度をしたことはなかった。

櫛を持っていた伊古奈が、えっ、と声を上げて淡雪の耳元でささやく。

「あの、ゆっくりやったほうがいいですか？」

「どちらかといえば、急いで。そうでないと、他の女官たちが出歩くころになって、あの格好の王を夜殿に帰さなくてはいけなくなるから」

「……あっ、はい」

後宮内で冬殿から夜殿までの短い距離とはいえ、女物の単を引っかけただけの王の姿を目撃されたら、鳴矢の評価は「気さくな王」から「あやしげな王」に変わりかねない。伊古奈も瞬時にそれを理解してくれたらしく、手早く髪を結い始めた。

「ひどい。淡雪が俺を追い出そうとする……」

「長居をしたければ普段の衣か、せめて予備の夜着を置いておいてくださいね？」

「……持ってくる」

しょんぼり肩を落とす鳴矢とは反対に、香野は感心した面持ちで淡雪を見ている。

鬢《びん》の毛だけを後ろで束ねて結び簪を挿した、ごく簡単な髪型に仕上げて、伊古奈は手を叩いた。

「はい、できました！　ちょっと残念ですけど……」

「ありがとう。今日はこれで充分よ」

そう言って淡雪は、ちらりと鳴矢に目を向ける。すねているかと思ったが、鳴矢の表情は何故か、楽しげに見えた。

「何ですか？」

「淡雪、着るものと髪、いつもそういう感じ？」

「はい。だいたいは」

「初めて見た。淡雪の普段の格好」

「……」

そういえば、鳴矢には巫女服か夜着か、花見のときの特に着飾った姿しか見せていなかった。日常の服装は、たしかに初めてかもしれない。

「もっと明るくなってから見たかったけど、まぁ、いいか。——戻るよ」

鳴矢は窮屈な単の前を掻き合わせ、寝台から下りる。

さっき衣那が灯りを消しがてら格子を上げて窓を開けていってくれたが、空はまだ白みきっておらず、室内も充分明るいわけではなかった。

鳴矢がこれほどぐずぐずと時間を引き延ばしても、結局自分たちは、明るいうちに互いの日常が交わることはないのだと、ささやかに思い知らされる。

「じゃあ、またね、淡雪」

椅子に座ったままの淡雪の肩を軽く叩いて、鳴矢はいつものように裏から出ていった。表門の鍵を持っている香野があわてて、どこへ行くんですか、と追いかける。

「こっちに沓があるんだよ。ああ、笠も置きっぱなしだ。雨は止《や》んでるな」

「沓を履いたら表にまわってください。鍵はあるんですから……」

鳴矢と香野の声が遠ざかるのを、淡雪はじっと聞いていた。

「……お見送りしなくてよろしかったのですか？」

紀緒が遠慮がちに尋ねる。淡雪は少し目を伏せてうなずいた。

「いいの。いつもしていないから」

見送られるとかえって去りがたくなるからと、鳴矢に言われている。だから見送りはしない。それが二人の決めごと。

「せっかく典侍がいないのに……」

沙阿が口を尖らせたが、淡雪は黙って微苦笑を浮かべた。


香野が早速鳴矢の着替えを持ってきたのは、その日の昼前だった。

「これが単と表着《うわぎ》と袴です。こちらが夜着。念のため二枚あります」

「ありがとう。あ、帯も二本あるのね」

淡雪のほうは普段の鳴矢の姿は『目』で毎日のように見ていたため、持ちこまれた衣が本当に鳴矢の昼間の服装だとわかる。

「王が着ていってしまった后の単は、どうしましょう？　肩や背中が破れてしまっていたんですが……」

「やっぱりね。あれはもう下げるものだったから、処分は任せるわ」

「わかりました」

麻で織った湯帷子などは洗ってもらうが、日ごろ着ている衣は薄い絹で仕立てられているので、何度か袖を通したら女官たちに下げ渡されることになっていた。

「そういえば、着終えた王の衣はいつもどうしているの?」

「王の衣も、下げられていますよ。役人たちに」

「ああ、そうなの」

香野が持ってきた着替えは、すべて新しいものだ。鳴矢のにおいはしない。

手元に置けるなら一度身に着けたものがよかったのに。そんなことを考えながら、受け取った衣を膝の上でたたみ直していると、香野が肩をすぼめて頭を下げる。

「すみません、せっかく鳥丸の典侍がいなくなったのに、相変わらずで」

「え?」

「外に出られるわけでもないですし」

「ああ……」

せっかく、とは、今朝沙阿も口にしていたことだが。

「別に鳥丸の典侍が后を閉じこめると決めたわけでもないのだし、変わらなくて当然だわ」

「あ、でも、少しは自由にしていただけますから。その、後宮の外には内緒の範囲で」

香野は一生懸命身振り手振りで、高い竹垣の向こうを指し示している。淡雪は頬をわずかに緩めた。

「お気遣いありがとう。わたしは大丈夫。それより、内侍司が大変でしょう。鳥丸の典侍を部屋に閉じこめていると聞いたけれど」

「ああ、王が話しましたか？　そうなんです。よりによって、内侍司の宿舎に置いておかないといけなくて……」

部屋の外から鍵をかけ、窓も開かないようにしてあるが、やはり見張りは必要なので、兵司に事情を説明して、交代で待機してもらっているのだという。

「鳥丸の典侍の様子は？」

和可久沙のことだ。罪状に心当たりがなければ、己の処遇に憤慨しているだろうと思ったのだが。

「一応、病ということにしてありますから、怒鳴り散らされて声が外に聞こえてしまったら困ると思ったんですけど、いまのところ静かなもので」

「え」

香野も拍子抜けといった表情で、肩をすくめる。

「ずっとぼんやりしているんですよ。ぼんやりじゃないかな……何か考えこんでいるようで。食事も半分ほどしか手をつけていませんし。もっとも、それも仕方ないかもしれませんけどね」

たしかに突然罪人の身となれば、いかな和可久沙といえども、普段どおりにはしていられないだろう。この状態が長引けば、本当に体を悪くしてしまうかもしれない。

とはいえ、鳴矢に毒の塗られた水差しを無理やり使わせようとしたことについて、和可久沙が自身の潔白を証明できない限り、処遇は変わるまい。

「小野の典侍も、掌侍二人も辞めるんですって？」

「巻きこまれたくなくて、みんな必死ですよ。もっとも掌侍二人はこの件の前から、縁談があるからそろそろ辞めるかもしれないと言っていましたので、たぶんそちらを理由に退任すると思います」

そう言って、香野はため息をつく。

「掌侍は女孺の中から補えますけれど、典侍はそうもいかなくて……。本来でしたら辞める前に次の典侍を指名していくものだそうですが、小野の典侍は冷静に後任選びできるような様子ではないですし、ましてや罪人扱いの鳥丸の典侍に指名させるのはいかがなものかと……」

「掌侍はあと二人いるじゃない。あの子たちではいけないの？」

「あれはあたしが尚侍になるにあたって一緒に連れてきた子たちなので、まだ後宮の中に詳しいわけじゃないんですよ。やっぱり典侍は、ここをよく知っていないと」

何かとうるさかった和可久沙だが、実務の面では必要だったようだ。

「……あ、すみません、后にこんな愚痴を」

「急にこんなことになったら愚痴も言いたくなるわ。大変でしょうけど、香野さんもあまり無理しないで。あいにくわたしが力になれることは、ないと思うけれど」

「いえいえ。后には、王の手綱をしっかり握っていていただければ結構ですので」

両手を振りつつ、香野は力なく笑う。

「昔から、放っておくと黙って何をするかわからないですからね、あの若君は。后がしっかりしておいでで、助かります」

「……そう」

淡雪はあいまいな微笑を浮かべ、それだけの返事をした。

鳴矢の行動にはすべて理由があり、それは本人が考え抜いた末に出した結論であるはずなのだが、たぶん鳴矢は、それを周りにあまり打ち明けてこなかったのだろう。そうなると、幼なじみの香野のような近しい間柄でさえ、黙って何をするかわからないという、危うい評価になってしまうのだ。

人懐こいようでいて、人を隔ててしまうのは、生い立ちのせいかもしれないが。

……わたしの力のこと、鳴矢に話せてよかった。

自分の一番の秘密を明かせたからこそ、鳴矢の心に寄り添うことができる。秘密を抱えたままでは、どうしても遠慮が拭えなかっただろう。

無意識に膝の上の衣を撫でていると、香野がおずおずと切り出した。

「あの――后」

「はい？」

「できれば本音をお伺いしたいんですけど、后は、王のことを、その……どう思っておいでなんですか？」

「えっ？」

いまさらそれを訊くのか。淡雪は思わず、口を半開きにしてしまう。

「王が后にとても御執心なのは、見ていてよくわかるんですけど、実は后の御迷惑になっていたりしないかと……」

香野は淡雪のほうを向きながら、視線は外していた。

おそらく――香野は、鳴矢の一方的な恋着でしかないことを期待している。

淡雪は香野の様子から、そう察した。

王が人質同然の天羽の后と相思相愛などということになったら、そしてそのことが後宮の外に漏れれば、七家にどんな波風が立つかわからない。七家の天羽家への感情がそれほど悪いものでなかったら、后は長年、このようにとらわれの身の上のままで置かれてはいないはずだ。この相思相愛が歓迎されることはない。

それなのに王と天羽の后が恋仲になるなんて、面倒このうえない――和可久沙ほど激しい嫌悪はなくとも、香野の心にそう思う部分がないわけではないのだろう。

いま香野が協力的なのは、主である鳴矢の頼みは、聞かないわけにいかないから。あとは、あるとすれば、后のこの閉ざされた生活への、少しの同情心か。

「……本音を言っていいの？」

「はい、もちろん」

香野の目は、まだ少し泳いでいる。

「王には、とても感謝しているわ」

「……感謝」

ようやく香野は、淡雪の顔に視線を定めた。

「以前の后たちからいろいろ聞いていたから、王は誰でも、后に無関心だと思っていたの。それがこうなって——驚いたけれど、好かれて悪い気はしないもの」

淡雪はにっこり笑ってみせる。

「わたしはずっと巫女として暮らしてきたから、色恋のことはよくわからないけれど、せっかく五年ここにいるのだし、ありがたく仲よくさせていただこうと思って。王が来てくだされば、夜だけでも退屈しなくてすむわ」

「退屈……そうですよね、話し相手がいないと、退屈ですよね」

淡雪の話に納得したようで、香野は大きくうなずいた。あからさまに安堵しているが、その自覚はないのだろう。

淡雪は笑顔を崩さずに、ちょっと首を傾げた。

「ところで、香野さんはいつ百鳥の蔵人と結婚するの？」

「えっ？　あ、いつとは決めていなくて……」

自分の話題になると思っていなかったのだろう、香野はぴょんと背筋を伸ばす。

「いまは尚侍と蔵人になったばかりで、それどころじゃないですから……そのうち、ですね。そもそも後宮勤めをしているうちは、一緒に暮らせませんし」

「それでは五年後になってしまうでしょう」

「それでもいいと思っています。あせることもないですから」

頬を染めてはにかむ香野は気づいていない。目の前の作り笑いに。

「あ、そろそろ膳司《かしわでのつかさ》が来るころですね。あたしはこれで失礼します」

「ええ。わざわざありがとう」

軽く一礼して、香野は部屋を出ていく。階を下りる足音。窓から見える後ろ姿――

「……」

淡雪は強張った笑顔を、ようやくもとの無表情に戻した。

本音など聞いてどうするというのか。聞いたところで、香野にとって何もいいことなどないのに。

「大丈夫よ。安心する答えだけ聞きたいって顔に書いてあるのに、不安にさせる本音なんて言わないから……」

つぶやいて、表門から出ていく後ろ姿を暗い瞳で見送る。

そう、打ち明ける必要はない。五年後の幸せを、あせらず待てる人には。

ずっとそばにいると決意はしても、決意だけで未来が好転するはずもない。鳴矢の腕の中にいるときでさえ、常に焦燥は付きまとう。こんな本心をどうして言えるだろう。

それとも言ってやればよかっただろうか。鳴矢は自分にとって、この身を、心を、命を、過去を、未来を——何もかもを差し出し、分かちあえる、唯一の相手だと。

「……ふふ」

真新しい衣を抱きしめて、淡雪は独り笑う。

やはり言う必要はない。……いまは。

いつの日か香野も、嫌でも思い知るだろう。本当に「御執心」だったのは、どちらなのかということを。

和可久沙が捕らえられて五日が過ぎていた。尋問は日に一回、二回、希景と真照によって行われており、何度かは鳴矢も同席した。

淡雪は時間があるときに『目』でその様子を見ていたが、希景の淡々とした冷静な尋問にも、真照のなだめすかして情に訴える下手な尋問にも、鳴矢の穏やかにさとすような口調の尋問にも、和可久沙は黙し続けていた。

そこには、何も話すものか、という強い意志は見られなかった。

その沈黙は、おそらく言葉を発する気力を失ってしまったがゆえであり、ぼんやりとした和可久沙は、幾つも老けて見えた。

初めて顔を合わせたときこそ、あからさまな敵意は見せなかったが、名前を姫名と間違えてから隠さなくなった嫌悪は、いつも強いものだった。あの激しさが消え失《う》せてしまったのは、どこかさびしくもある。

「烏丸の典侍の尋問は、明日もするんですか？」

夕刻まで雨が降っていたので地面がぬかるんでいて、今日も鳴矢の足には泥がはねていた。湯殿で足を洗って出てきた鳴矢に、淡雪が手拭いを渡す。

「ありがとう。……まぁ、一応やるよ。しゃべらないだろうけどね」

鳴矢は足を拭きつつ、大きく息をついた。

「俺も尋問に顔出すつもりだけど、あんまりしゃべらないもんだから、このまま典侍を捕まえたときみたいな、威張った感じで問い詰めたらいいんじゃないかとか、真照が言い出してさ」

「ああ……。たしかにああいう話し方は、いかにも王らしかったですね。あなたらしくはないですけれど」

淡雪はくすりと笑い、鳴矢の夜着の裾を直してやる。

「あの典侍のことだから、余計なことはしゃべらないだろうとは思ってたけど、あんなふうにぼんやり黙りこむのは予想外だった。どうしたもんかなぁ……」

「蔵人頭も、打つ手なしのようでしたね」

「希景も珍しく困ってるよ。このままじゃ時間ばっかり食って、先に進まないしさ。三実王が何かしら関わってるんだろうけど、それを証明もできない」

ぼやきながら、鳴矢は手拭いを籠に放りこんだ。

「……鳴矢、ひとつお願いがあるのですが」

「ん？　何？」

身支度をする部屋から出ようとしていた鳴矢が、振り返る。

「鳥丸の典侍を、ここに連れてきていただけませんか」

「――へ？」

ぽかんとする鳴矢を、淡雪は笑みを浮かべて見上げた。

「え、ここ、って……」

「冬殿に、です」

「連れてきてどうするの？」

「わたしが烏丸の典侍を尋問します」

「えっ、ちょ……ちょっと待って。えーと、あっちで話そう」

鳴矢に手を引かれ、淡雪はいつもの部屋に戻る。

寝台に並んで腰掛け、鳴矢があらためて淡雪のほうを向いた。眉間には皺が刻まれている。

「何かしてくれようとする気持ちはうれしいけど、たぶん、あの状態の典侍をしゃべらせるのは、淡雪でも難しいと思う」

「ええ。だからこそ、わたしと冬殿が必要なんです」

「どういうこと？」

「烏丸の典侍が最も嫌う天羽の后と、その歴代の天羽の后が暮らした冬殿です。憎い女とひとつ館に置かれたら、ぼんやりしていられないと思いませんか」

淡雪は自信のある顔をしてみせたが、鳴矢の眉間の皺はさらに深まった。

「それ、淡雪が嫌な気分になるだけなんじゃない？」

「わたしは別に、烏丸の典侍が嫌いではありませんので」

「……え。そうなの？」

「嫌いとか憎いとか、そういう感情を隠して愛想よくされるより、はっきり表に出してくれたほうが、腹の探り合いをしなくてすみます」

「それは……わからなくもないけど」

腕を組み、鳴矢がますます難しい顔をする。

「でもさ、淡雪。あの典侍は、一応、俺を殺そうとした罪で捕らえられてるんだし」

「そうですね」

「そんな罪人と淡雪を同じ館に置いておくなんて危ない真似、できない」

「典侍が害そうとしたのはあなたですから、わたしとしては、むしろあなたから遠ざけておけて安心です」

「いやいや、淡雪だって危ない目に遭うかもしれないんだよ」

「いまの典侍は、毒も刀も持っていませんよ」

「素手で人を傷つけることだってできるんだから」

「そうですね。その場合は、わたしもやり返します」

「……あのね、淡雪」

鳴矢はとうとう、額を押さえた。何と言って説得しようか思案しているのだろう。

淡雪は先に口を開いた。

「もし何かあれば、あの子が助けてくれます。あなたがくれた小鳥が」

淡雪は炎の色の小鳥が止まっている、桜の枯れ枝に目をやる。

「わたしがここで殺されそうになった――本当に命が危なかったあのとき、あなたが来てくれるまでの時間を稼いでくれたのは、あの子です。もし烏丸の典侍がわたしに害をなすようなときは、あの子が防いでくれます」

「……そりゃ、俺の『火』だからね」

「ええ。わたしはいつでも、あなたに守られています。だから烏丸の典侍と二人きりになっても、ちっとも怖くないんです」

淡雪は悠然と笑んだ。対して鳴矢は思いきり顔をしかめ、乱暴に頭を掻いている。

「そこまで心配しなくても大丈夫ですよ。鳴矢だって、本当は烏丸の典侍が率先してあなたを殺《あや》めようとしたとは、思っていないんでしょう？」

「……まぁ、思ってないよ。それは希景とかもそう。少なくとも俺に対して意図したことじゃないだろうって」

「でしたらやはり、烏丸の典侍自身の言葉が必要です。どういったいきさつで、あの水差しに毒が入ったのか。とにかく話してもらわないと」

「うん……」

鳴矢はようやく観念したようで、大きく息を吐いた。淡雪は無言でうなずく。

「ただ、わたしもすぐに典侍がしゃべってくれるとは思えませんから、何日かいただきたいですが」

「……え、何日って、何日間か、ずっとここに典侍を置くの?」

「できましたら」

「そのあいだ俺は?」

「申し訳ありませんが、ここへ来るのは御遠慮ください」

「えー……」

途端に鳴矢は、不満げな声を上げた。

「俺が淡雪に逢えなくなるんじゃ、やっぱり嫌だ」

「でも、このままでは先に進まないでしょう?」

「……そうだけど……」

「わたしだって、長くなるのは嫌ですが。……では、三日はどうですか」

「んー?」

「期限を切ります。三日で何も変わらなければ、わたしの尋問はあきらめます」

指を三本立てて鳴矢の顔を覗きこむと、鳴矢は口を引き結んで、うなっている。

しばらく考えこんで、鳴矢はようやく顔を上げた。

「……今日、三日ぶん触っていいなら」

納得はしていないが我慢はする、というのがありありとわかる表情で、鳴矢が手を伸ばしてくる。

淡雪は微かに唇をほころばせ、無言で両腕を広げた。

翌日、夜明け前に冬殿を出た鳴矢は、朝早いうちに昼殿に希景と真照、香野を招集し、淡雪の意思を伝えた。

希景は初め、罪人として扱っている和可久沙を后の館に入れることに難色を示していたが、動かない現状を打開したいのも事実で、三日間だけならと同意した。

和可久沙を昼日中に昼殿の敷地内にある内侍司から冬殿まで歩かせるのは、かなり目立つ行為だった。女官たちは各々の司で仕事をしているので、それほど外を頻繁に出歩くわけではない。だが昼から夕刻までのあいだは、仕事の手が空く時間でもあるため、後宮内に一か所だけ作られている、女官のための湯殿を使いにいく者が多く、和可久沙が移動する道は、ちょうどその湯殿までの通り道でもあった。

日暮れまで待ったらどうかと香野は意見したが、結局は、和可久沙が病で寝こんでいるという話はすでに後宮内に広まっており、食が細り弱った和可久沙の姿は病人にしか見えないので問題ないだろうと、昼間の移送となった。

だがそうなると、わざわざ病人の和可久沙を冬殿に移す理由が必要となる。多くの女官に対しては、落ち着いて療養させるため和可久沙の部屋を修繕することになり、そのあいだ誰かが付き添わなくてはならないため、后が冬殿であずかることになったということにしてはどうかと希景が提案し、香野が女官たちへの説明を承諾した。鳴矢たちの話し合いと和可久沙が内侍司の部屋を出される様子を、淡雪は『目』で見ていた。

現在、後宮内で和可久沙が罪人であると把握しているのは、内侍司と、監視を担う兵司だけである。しかし三日間でも和可久沙を冬殿に置くとなると、すべて病人扱いで対応するのは難しいと思ったようで、鳴矢は掃司の三人を呼び、和可久沙の本当の立場を明かし、兵司とともに不測の事態に備えつつ、一時的に和可久沙の世話をするかたちになる淡雪の、補佐をしてほしいと依頼してくれた。そのため紀緒たちがすぐ冬殿に駆けつけ、和可久沙のぶんの寝台、着替えなどを運びこみ、こうして和可久沙は、昼過ぎに冬殿へ移された。

和可久沙は兵司の女官に体を支えられ、淡雪の部屋に現れた。

一応、自分の足で歩いてはいた。だが肌は粉を吹いたように白く、肩は力なく落ち、まったく覇気がない。顔色の悪さは、唇に紅をさしていないせいだけではないはずで、本当に病人のようだった。心なしか、藤の挿頭までしおれているように見える。

「寝台はこちらの部屋には入らなかったので、表の間に置いてあります。休むときはそちらで寝てください。それから昼に薬司《くすりのつかさ》と膳司が、后の体調の確認と間食の配膳に来ますが、そちらには鳥丸の典侍は病だと言ってあります。ですので昼のあいだは、表の間で寝ているようにしてください。いいですね？」

移送についてきた香野が、あれこれと和可久沙に指示しているが、聞いているのかいないのか、和可久沙は返事どころかうなずきもしない。しかし香野は、一応説明はしたとばかりに、淡雪を振り返った。

「后、では――」

「……そこに座ってもらって」

淡雪が窓辺に置いた椅子を指し示すと、女官たちは引きずるように和可久沙の体をそちらへ向ける。そのとき、和可久沙の足元から奇妙な音がした。

「何？　いまの、金物がこすれたみたいな……」

「足枷《あしかせ》です。罪人には、必ず付けることになっています」

先立って和可久沙を連れてきた尚兵《つわもののかみ》の真登美《まとみ》が、きびきびと答える。

「足枷？　ずっと付けているの？」

「そうです」

「重くないの？」

「逃亡させないための枷ですので、軽くはありません。でも歩ける程度ですので」

ここへ来るまでずいぶん歩みが遅いと思ったが、これは遅くもなるはずだ。

「それじゃ、外して」

「えっ？」

「この中では必要ないでしょう。逃げようとしたって逃げられないわよ。ここはそういう場所だもの」

淡雪はちょっと肩をすくめ、窓の外の竹垣を指さしてみせる。

「これでは厠に行くくらいでも、いちいち難儀よ。烏丸の典侍が足を取られて転んでしまっても、わたし一人じゃ支えられないわ」

「……」

真登美は香野に視線を向けた。香野は困った表情で、帯から下げた鍵を手で押さえる。なるほど、あれが足枷の鍵か。

「香野さん」

「決まりは……決まりですから……」

「ここに連れてきた時点で、もう決まりから外れているわよ」

「……王も蔵人頭も、后が罪人と二人きりになることは、危惧していました。足枷を外したら、危害を加えられるかも……」

「典侍にその気があれば、足枷くらいでは止められないんじゃない？」

淡雪は声を立てて笑った。

「大丈夫よ。鳥丸の典侍にわたしを殺める気があるなら、もっと早くにそうしているわ。その機会は、いくらでもあったでしょ？　わたしは罪人じゃなくても、ここから逃げられないのだもの」

そのとき、和可久沙のまぶたがわずかに動いたように見えた。だが淡雪は、それに気づかないふりをする。

「ですが……」

「香野さんがどうしても外せないなら、鍵をあずけてくれるだけでもいいわ。何なら后が無理やり鍵を奪ってしまったと言ってもいいから」

「いえ、それでは同じことです」

「――あの、よろしいでしょうか」

真登美が一歩、前へ進み出た。

「わたくしが、鍵をおあずかりするのはどうでしょうか。鳥丸の典侍がこちらにいるあいだ、一刻に一度兵司が様子をうかがいに参上しますので、足枷を外す必要があるときには、そのつどわたくしがお渡しします。いかがですか」

香野に向かってそう言いながら、真登美はちらりと淡雪に目配せした。

「ああ、真登美さんが持っていてくれるなら、それでもいいわ。どう？　香野さん」

「……そうですね。尚兵でしたら」

香野はようやくうなずいて、帯に下げていた鍵を真登美に渡す。

「それじゃあ、みんな、ありがとう。下がっていいわ」

「はい、では……」

「失礼いたします」

香野は表、兵司たちは裏から、それぞれ部屋を出ていった。

淡雪は、香野が表門の戸を開けて出ていくのを窓から見送り――その姿が見えなくなったところで、裏口のほうを振り返る。

扉が開き、真登美が再び入ってきた。

「いま鍵を外しますので」

「はい、ありがとう」

真登美は椅子に座った和可久沙の足元に屈み、衣の裾を持ち上げる。金物の当たる音が何度か聞こえ、真登美が立ち上がった。手には鎖でつながれた二つの輪がある。

「鍵はどうされますか」

「真登美さんが持っていていいわ。外してしまえば用はないもの」

淡雪がひらひらと片手を振ると、真登美は足枷を部屋の隅に置き、鍵は自らの帯に下げ、淡雪の前に立った。

「王より、后のお考えは伺っております。兵司は后の御命令に従います」

「ありがとう。警護はいつもどおりでいいわ。来てほしいときは、こちらから呼ぶから。たしか女官の控えの間に、鈴？　鐘だったかしら？　あるのよね？　使ったことないけれど」

「小さな鐘がありますので、木槌《きづち》で三度叩いてください。すぐ参上いたします」

「わかったわ」

真登美は丁寧に一礼し、あらためて部屋を出ていく。

「さて、と——」

気がつくと、和可久沙の目がこちらに向いていた。相変わらず覇気はないが、ぼんやりした瞳には、困惑が浮かんでいるように見える。どうやらまるっきり心を閉ざしているわけでもないようだ。感情が動く余地があるなら、話ができる可能性はある。

淡雪はあえて何ごともなかったかのように、のん気な口調で言った。

「ねぇ、よかったらお湯に入ってきたら？」

「……」

「お湯は使わせてもらえているの？　たしか、十一の司の湯殿は共用だけれど内侍司だけは専用の湯殿があるって、前に聞いたことがあるわ」

うなずきも首を振りもせず、和可久沙は淡雪を見ている。

「でも、あんなものを引きずってお湯には入れないわね。どう？　着替えもあるし」

「……」

「いますぐでなくてもいいけれど、入れば体が楽になるわよ。あなた、だいぶ顔色が悪いもの。――着替え、湯殿に置いておくわね」

淡雪は先ほど掃司が用意した和可久沙の着替えを一式、湯殿に持っていく。使いやすいように手拭いと湯帷子も一緒に衣箱に並べていると、背後で物音がした。

振り返ると、湯殿への階を、和可久沙が慎重な足取りで下りていた。

……意外と素直。

こんなに早く動くとは思わなかった。捕らえられて以降、湯を使わせてもらえていなかったのなら、もしかしたら、ずっと湯浴みしたかったのかもしれない。

「ここに置いたわ。ゆっくり使って」

そう言って、淡雪は入れ替わりに身支度の部屋を出る。

すれ違いざま、何か言いたげな視線を感じたが、いまはまだ、尋問すべきときではない。

いいや、別にもともと尋問する気はないのだ。それは自分の役目ではない。和可久沙をあずかる便宜上、尋問という言葉を使っただけで。

淡雪が部屋に戻ると、炎の色の小鳥が天井付近を飛びまわっていた。色に変化はないが、鳴矢が気を揉んでいるのかもしれない。

「ごめんね。鳥丸の典侍がいるうちは、隠れていて。わたしは大丈夫よ」

声をかけると、小鳥は寝台の天蓋の陰に姿を消す。

淡雪は碗《わん》に白湯を注ぐと、部屋の隅の棚から小さい壺を取り、匙《さじ》でほんの少し中身をすくって白湯に落とした。白湯をかきまぜると黄金色だったその色は、よくわからなくなる。

さらに小皿に、淡雪がいつでも摘めるように用意された菓子の中から干棗《ほしなつめ》と甘栗《あまぐり》を数粒ずつ取り、白湯の碗とともに和可久沙の椅子の脇に置かれた卓に並べた。これに手をつけるつけないは、和可久沙の自由だ。

それから自分が持っている櫛のひとつを取り出し、碗と菓子皿の横に置く。これくらいでいいだろうか。

淡雪は針箱と縫いかけの単を持って窓辺の長椅子に腰掛け、縫い物を始めた。着るものは縫司《ぬいのつかさ》がすべて支度してくれるので、本来は自分で針を持つ必要はない。しかし月一度の神事以外することのない后として、暇つぶしに何かやっていると見せかけておかなくてはならないため、こうしてたまに針仕事をしていた。いつもは帯に手間のかかる凝った刺繍《ししゅう》をしているのだが、最近は、いつまた鳴矢に着替えが入用になるかわからないので、布をもらって大きめの単を仕立てている。ただし建前は、自分用の単だ。天羽の后が王のために衣を仕立てるなど、あっていい話ではない。

一目一目丁寧に針を進めていると、和可久沙が戻ってきた。目の隅で見た限り、足取りはしっかりしている。

新しい衣を身に着けた和可久沙は、一瞬、長椅子の横で立ち止まりかけたものの、そのまま淡雪の後ろを通って、先ほど自分が座っていた椅子のところへ行ったようだった。

「……」

淡雪に背後の和可久沙は見えないし、和可久沙もいまだひと声も発しない。だから淡雪は、黙って針を進めていた。

だいぶ経って、ようやく髪をくしけずる音が聞こえる。そして白湯に手をつけた音も。ことり、と碗が置かれた音は、やけに大きく響いた。

淡雪はただ針を動かしている。まるで淡雪しかいない、いつもの昼下がりのように静かだった。沈黙を続ける和可久沙の存在が、気にならなくなるほどに。

……天羽の里にいたときみたい。

巫女の館では、自分の着るものは自分で支度する。だから縫い物はよくやっていた。他の巫女たちもいる部屋で、黙々と針を動かして。

皆、互いを忘れたかのように没頭していた。和気藹々《わきあいあい》とおしゃべりしながら針仕事など、そんな雰囲気には一度もならなかった。雑談でも迂闊《うかつ》なことを口にすれば、すぐに長たちの耳に入り、罰が与えられる。そういうところだったから。

あの里は何かを恐れ、何かを隠している。巫女たちは都や七家の悪い評判ばかりを聞かされて、現状より悪くなることにおびえ、后にはなりたがらなかったが、自分は何となく、都も里も、恐ろしさに大した違いはないのではないかと思っていた。

都とて安全ではないのだろう。王の命がおびやかされるような場所だ。それでも、何もかもを隠して素知らぬふりをし続ける天羽の里よりは、剝き出しの悪意のほうに安心感を持ってしまうのは、きっと自分がいびつな人間だからだ。

この『目』を持たずに天羽の里で暮らしていたら、もう少し素直に育っただろうか。

先ほどから和可久沙の視線は感じている。恐ろしさはない。いつもの敵意が向けられないことに、ちょっとした途惑いとさびしさがあるだけだ。牙が抜けてしまえば、こんなものなのか。

ふと目を上げると、薄曇りの空から淡く日が差していた。今日はこのまま雨は降らないようだ。こんな日こそ、鳴矢はここに来たかっただろうに。

しばし針を持つ手を止め、少し明るくなった庭を眺める。緑はすっかり濃くなり、池の端にある、こんもりとした背の低い木には、いつのまにか青い花が咲いていた。

あれは何という花だろう。

縫い物の最中、ふと窓の外に目をやりぼんやりとする時間は天羽の里に似て、だが見える景色は何もかも違う。曇りの日でもここは明るく、同じように閉じこめられているのに、穏やかで——

「……ひさかたの、天《あま》つ少女《をとめ》の、八《や》つ柱《はしら》……」

何となく、天羽の里で覚えた古歌のひとつをつぶやいていた。

巫女になって最初に習ったのがこの歌で、最も多く口ずさんだのもこの歌だろう。

「うづのわざ持《も》ち、平《たひ》らかに、燃《も》ゆる火《ひ》取《と》りて、風守《かざまも》り、清《きよ》き水《みず》くみ、地《つち》に立《た》ち……日月《ひつき》とともに、万代《よろづよ》にもが……」

どうということもない、八家の世が永遠に続くようにという祈りの歌だが、七家と一家に分かれた後にこんな歌を習うというのも、おかしなものだ。

多くの古歌を教えられたが、あまり自分の心に添うようなものはなかったと思う。どうせ暇なのだから、今度、自分で歌を作ってみようか。

「……」

手元に視線を戻し、縫い物を再開する。

気配はするが、背後の和可久沙は相変わらず無言だった。

二日目になっても、和可久沙が言葉を発することはなかった。

夜は静かに休んでおり、昼間も椅子に腰掛けたままほとんど動かず、立つのは厠と湯殿に行くときだけ、という様子だったが、運ばれてくる食事はほとんどたいらげ、湯浴みのあいだに淡雪が用意した白湯と菓子にも手をつけているので、食べる気力は戻ってきているようだ。掃司の三人も和可久沙を見て、少し顔色がよくなったと言っていた。

だが、話はしない。何か言い出す気配もなかった。

とはいえ淡雪のほうも必要なときにしか声をかけておらず、それもせいぜい「おはよう」「そろそろ湯を使ってきたら」「おやすみなさい」くらいのものだった。

そうして三日目——これで何もなければ、翌朝には和可久沙を、再び内侍司に移すことになっていた。

「鳥丸の典侍。少し早いけど、お湯使ってきたら？」

昼、薬司と膳司が退出してから、淡雪は表の間を覗いて声をかける。横になっていた和可久沙はのそりと起き上がり、寝台を下りた。

湯殿へ向かう後ろ姿を見送って、淡雪はここ二日と同様に白湯と菓子の支度をし、自分も膳司が持ってきた間食を摘む。今日は細かく砕いた胡桃《くるみ》を練りこんだ餅だ。

長椅子に座り、小雨の降る外を眺めながら餅を食べていると、和可久沙が戻ってきた。背後を通りすぎた足音が、白湯と菓子を並べた卓のあたりで止まる。

微かな衣擦《きぬず》れと、碗を置く音。

ややあって、かすれた声が聞こえた。

「……何故、罪人の白湯に蜜など入れるのです」

餅を食べようとしていた手を止め、目を閉じ――淡雪は口の端に笑みを刻む。

どうやら三日の期限に間に合ったようだ。

目を開け、淡雪は外を見たまま答える。

「甘くて美味《おい》しいからよ」

もちろん嘘だ。

いや、たしかに甘くて美味しいのだが、そんな理由ではない。

「わたし、蜜をまぜた白湯なんて、都に来るまで飲んだことなかったわ」

こちらは本当である。白湯は白湯としてそのまま飲んでいたが、新しい后と言葉をかわすのに慣れてきた膳司の女官が、よければ白湯にまぜるとか菓子にかけるとか、好きに使ってほしいと、蜜の入った小壺を持ってきてくれて、それで初めて、白湯に蜜を入れる飲み方を知ったのだ。天羽の里では蜜は貴重で、気軽に口にできるものではなかった。

だが和可久沙の白湯に蜜をまぜたのは、それが都での普通の白湯の飲み方だと思ったからではない。天羽の里ほどでなくとも都でも蜜はそれなりに貴重で、そんな蜜を和可久沙は内侍司の自分の部屋に常備し、白湯には必ず入れていた。そういう光景を監視していた十日のあいだに毎日見ていたからである。

膳司が冬殿に持ってきた壺よりひとまわり大きな壺に入った蜜は、いまも和可久沙の部屋の棚にあるが、捕らえられて以降、手をつけられていない。見張られながらの食事では、白湯に蜜を入れることもできなかっただろう。

「わたくしが訊いているのは、罪人の白湯に、何故わざわざ蜜を入れたのか、ということです」

いつもの和可久沙なら、もっと強い口調で尋ねていたはずだ。こんなにも力ない、途惑う和可久沙の声など、初めて聞く。

淡雪は餅の最後のひと口を咀嚼《そしゃく》し、蜜の入っていない白湯を飲みほして、ゆっくりと振り返った。

「――あなたは、罪人なの？」

突っ立ったままだった和可久沙は、虚をつかれたように目を見開き、だが、すぐにうなだれて、椅子に座りこむ。

「……わかりません」

「自分が罪人かどうか、わからないの？」

「わたくしは誓って、王に毒など盛っておりません。しかしわたくしが所持していた水差しに毒が塗られていたのが事実で、王がおとなしく水差しを使っていたならば、結果として王は……」

和可久沙はそこで咳《せ》きこんだ。何日も声を出していなかったところを急に話し始めたため、喉がついてこなかったようだ。

淡雪は立ち上がり、和可久沙の碗が空なのを確かめて、水差しから白湯を注いだ。ついでに蜜の壺も取ってきて、碗に足す。

「……蜜は、いりませ……」

「これね、喉が痛いときに舐《な》めてもいいんですって。尚膳《かしわでのかみ》が教えてくれたの」

壺を棚に戻して振り向くと、和可久沙は胸を押さえたまま苦しげに淡雪を見た。

「あなたは……わたくしを、罪人と思っていないのですか」

「あなた自身が罪人かどうかわかっていないのに、わたしがわかるはずもないわね」

淡雪は笑って、和可久沙の斜向《はすむ》かいの位置で話を聞けるよう、長椅子ではなく寝台に腰掛ける。

「飲んで。菓子は？　何か食べたいものはある？」

「……いえ、結構」

「あなたはわたしが嫌いでしょうけど、それはそれとして、食べたいものがあれば、いまのうちに言っておくといいわよ。あなた明日には、内侍司に戻されるんだから」

「本当に、結構です。……いえ、これで充分ということです」

和可久沙は先ほど淡雪が用意した菓子皿に目を向け、そこから甘栗をひとつ取って口に入れた。

和可久沙が甘栗を噛んでいるあいだ、淡雪は窓の外の降り続く雨を見て、止まないわねぇ、とつぶやく。

「……もうひとつ、伺いたいことが」

「何？」

「あれは、何ですか」

淡雪は和可久沙の視線の先を追い——声を立てて笑った。

この部屋にいて、ずっと黙していた和可久沙が、あれを気にしていたとは。

「あれは、桜の枝よ。昼殿の庭にある八重桜をひと枝、王がくださったの。もちろん花が咲いているときによ？」

「もう枝だけではないですか」

「でも、王からの贈り物だもの」

「……あの王は、あなたに簪をあつらえていましたよ」

「きれいな簪をいただけるなら、あんな枯れた枝は捨てればいいのにって思う？」

淡雪は微笑を浮かべ、少し呆れた様子の和可久沙を見た。

「簪をいただけても、捨てないわ。あれは特別なの。……わたしが、生まれて初めて受け取った、贈り物だから」

「……？」

和可久沙が、はっきりと怪訝な顔をする。

「もちろん、誰かに物をもらったことはあるわ。年上の巫女から、櫛や沓のお下がりとかね。でも、贈り物はあれが初めてなの」

「……天羽には、物を贈る習慣がないのですか」

「ないことはないと思うけど、巫女には無縁のことね。……だからうれしかったわ。王のほうは、そんなにたいした意味もなく……たぶん、外に出られない后を気の毒に思って、桜を分けてくださっただけなのでしょうけれど」

目を細め、花のない枯れ枝を見つめながら、淡雪は淡々と言葉を続けた。

「本当にうれしかったの。そのお心遣いが。だから、王にお目にかかれる月に一度の神事の日が、とても楽しみになったわ。まさか神事の前に、盗賊に殺されかけて王に助けていただくことがあるなんて、夢にも思わなかったけれど……あのときでさえ、わたし、怖さより、王にお逢いできて、ただうれしかった」

和可久沙が息をのむ気配が、伝わってくる。

「でもね、これはわたし独りが心に秘めていることだから。王のお耳に入れて困らせたくはないから、あなたも内緒にしていてね」

「……后、あなた……」

「わたしは、五年経ったら里に帰されるから。……いい思い出のまま、一生心に秘めておくわ」

でも——と言って、淡雪は呆然と目を見開いている和可久沙に視線を戻した。

「思い出にするつもりでも、欲は出るのね。……香野さんから今度のことを聞いて、王のお役に立ちたくなったの。だから無理を言って、あなたをここに連れてきてもらったわ。きっとわたしが、鳥丸の典侍に罪を認めさせてみせるからって」

「それで……」

「嘘よ、それ。わたし、あなたが罪を認めるかどうかなんて、どうでもよかった」

まっすぐに和可久沙を見つめて。

穏やかな声で。

「二人きりになれば、あなたは大嫌いな天羽の女を、手にかけるかもしれない。王に毒を飲ませようとしたくらいだもの。きっと、わたしに何かしてくれるはず。そうしたら、わたし、あなたを返り討ちにできる。あなたさえ殺めてしまえば、もう誰も、王を危険な目に遭わせたりしない。わたしは、王を守れる――」

「……」

「そう思ったのだけれど。あなたがびっくりするほど元気がないから、当てが外れてしまって。やっぱり、こんな浅知恵じゃだめね」

からりと明るい調子で言い、大げさに肩をすくめてみせると、和可久沙は呆れ顔に戻って、息をついた。

「悪い冗談はおやめなさい。后がそんなたくらみをしていたなど……」

「冗談だと思う？」

「わたくしは冗談を聞いたことにしておきます」

素知らぬふりで、和可久沙はもうひとつ甘栗を口に運ぶ。

どんな口調で言おうと、いまの話が決して冗談などではないと、和可久沙は正しく受け取ってくれたようだ。目を見ればわかってくれるとは思ったが。

もちろん第一の目的は、和可久沙の沈黙を破ることだ。だが、もしものときには、本当に返り討ちにする覚悟も持っていた。

鳴矢を守れるなら、この手を汚すくらいはしよう。

それくらいは何でもないこと。

甘栗を飲みこみ、蜜入りの白湯を口に含んで、和可久沙は少し目元を緩める。

「……あなたに、いいことを教えてあげます」

「いいこと？」

「わたくしがここへ来るとき、王に釘《くぎ》を刺されました。后に少しでも害をなすような真似をすれば容赦はしない、肝に銘じておけ、と」

「え……」

「それはそれは、恐ろしい顔で。案外あちらも、あなたを憎からず思っているのではないですか」

「……」

淡雪は目を伏せ、微かに笑みを浮かべた。……ずいぶん心配をかけてしまった。

「それにしても、わたくしにあれほどの恐ろしい顔ができるなら、常よりもっと威厳のある王に見せられるでしょうに。見た目はまあまあなのです。上背がありひ弱ではない。あとは本当に威厳だけですよ。若いゆえに重みが足りないのは仕方ないところではありますが……」

いつもの調子が戻ってきた和可久沙に、淡雪は顔を上げてくすりと笑う。

「威厳は、ないとだめ？」

「王であるなら、下々の者に軽く見られてはなりません」

そうは言っても、威厳云々に関係なく、鳴矢は初めから「中継ぎの王」として軽んじられていたようだったが。

「威厳も大事でしょうけれど、気遣いのできるやさしい王なら、みんな好きになるんじゃない？」

「好き嫌いの問題ではないのです、これは」

「それもそうね。ただ、威厳があるように見えても、それだけで尊敬されるとは限らないと思うわ」

「尊敬……ですか」

その言葉に、何故か和可久沙の目が泳ぎ、眉間の皺が深まった。

「たとえば天羽の長は、いつも堂々としていて立ち居ふるまいは立派だったけれど、人の意見は聞かないし、力で皆を抑えつけようとするから、わたしは全然尊敬できなかったわね」

そう話しながら淡雪は腰を上げ、自分の白湯の碗と菓子皿を持ってくる。

「まぁ、長に限らず、天羽の里に尊敬できる人なんて、わたしの知る限りいなかったけれど。――甘栗もっと食べない？　松の実もあるわよ」

「……いただきます」

今度は遠慮しなかった和可久沙の皿に、追加の甘栗と松の実を足し、自分の皿にも同じものを入れて寝台に座り直すと、和可久沙はぽかんと口を半開きにしていた。

「どうかした？」

「……里のことを悪く言った后は、あなたが初めてでしたので」

「空蟬姫は？」

「あの方は、そもそも里のことは一度も口にしませんでした」

「あら、そうなの」

死んだふりをしてまで逃げたのだから、空蟬も天羽の里が嫌いなのだろうが、他の后はどうだったのか。

「そうね、まぁ、あたりまえだけど、一生暮らすしかない場所とそこを治める家を、悪いとは思いたくないものじゃないかしら」

「でも、あなたは……」

「だから、つらかったわ。どうしてこんなところに生まれてしまったのかって」

松の実をひと粒口に入れ、淡雪は苦笑する。

「さっき贈り物の話をしたけれど、天羽の里は山奥で、豊かとは言えない土地にあるから、誰かに贈り物をする余裕なんてないというのもあるのよ。少しのものをみんなで分けあって、でもやっぱり足りないから、何とか人より多く得ようとして、必死になるの」

抜け駆けは許さないと互いに目を光らせながら、その裏ではいかに他人より抜きん出るか、画策して――

「だからみんな、本音でなんて話さないわ。人の話を聞いても、実は何か隠しているんじゃないか、自分をだまそうとしているんじゃないかって、いつも疑いあうから、すごく疲れるのよ。でも天羽の里ではそれが普通だから……きっと以前の后たちも、ここに来てもちっとも気が休まらなかったんじゃないかしら。里にいたときと同じように、周りを疑って」

「……ああ……」

和可久沙が納得したようにうなずいた。心当たりはあるようだ。

「どうりで……。いえ、ですが、あなたは違うようですね」

「わたしも里の人たちは疑っていたわ。疲れたけれど」

考えてみれば、おかしなものだ。里の皆はあれほど疑《うたぐ》り深《ぶか》かったのに、天羽本家のことだけは、何故か無条件に信じていた。自分たちがよすがとするのは天羽本家ただひとつなのだと、頼りきっていたのだから。

自分が里の人々と違ったのは、この『目』を持ったために、人々が信じる天羽本家をこそ疑うことになったというところだ。

「わたしはどうしてか、疑う暮らしを自然だと思えなかったの。だから后に選ばれてほっとしたわ。少しのあいだ、違う生活ができるって。……ここでも人を疑ってすごさないといけなかったらどうしようって、そこは不安だったけれど——」

　そこで和可久沙の顔を見て、思わず吹き出してしまう。

「あなたに会って安心したのよ。あなたは最初からわたしを見下して、敵意を隠そうともしないから」

「……まぁ……」

　甘栗を手にしたまま、和可久沙はあ然としていた。

「だからわたしはあなたを嫌ってはいないのよ。あなた、いつだって裏も表もなく、天羽の女が憎い、嫌いだって、まっすぐにぶつけてくれたから。——もちろん、面倒ではあったけれどね」

「それは……そのことについては……」

　口ごもり、和可久沙は何か迷うように目を瞬かせる。

「……すべて、わたくしの独りよがりです。ええ、認めます」

　袖口を握りしめ、うなだれて、和可久沙はしぼり出すように言った。

「これまでの、数々の無礼、おわびいたします。后には何も、何も非はございませんのに……」

　さらに、膝に額がつくほど頭を下げる。

「……座ったままの謝罪など無意味とお思いでしょうが、お許しください。この年になりますと、膝が痛み、ひざまずくことができないのです」

「えっ、大変。そんなのいいのよ。顔を上げて。両方痛いの？」

「いまのところは左だけ。……湯に入れば、幾らか楽になるのですが」

まだ下を向いたままだが、和可久沙はゆっくりと体を起こした。

「それじゃ、しばらく湯浴みできなくて、つらかったでしょう」

「こちらの湯殿をお借りできて、本当に助かりました」

「それならよかった。明日の朝、あちらに戻る前に、もう一度入っていくといいわ。

……でも、あなたが罪人でないなら、お湯くらい使わせてもらえると思うけれど」

「……それは」

和可久沙はようやく淡雪と目を合わせたが、どこかあきらめ顔に見えた。

「わたくしには、自らが罪人ではないと、証《あか》しを立てることはできません」

「そうかしら。あの水差しは、そもそもあなたの持ち物ではないのでしょう？」

「しかし長年、わたくしがお預かりしておりました」

「長年って、どれくらい前から？」

「たしか、十年ほど」

「そんなに？」

淡雪は和可久沙が話を続けやすいように、自分も菓子を摘みながら、和可久沙にも食べるよう手振りで勧める。

「十年前だと、そのときの后は冬木姫かしら。前の王の」

「そうです。静樹王の最初の后でした」

「あの水差しが呪いの孔雀って呼ばれていたことは、聞いたわ。冬木姫が使って具合を悪くしたからって。……わたし、冬木姫が使ったときにはもう、水差しに毒が塗られていたんじゃないかと思っているのだけれど」

和可久沙が実は毒が塗られている水差しを預かり、それを冬木が使って毒のせいで体を壊し――冬木が使った水差しをそのまま和可久沙が保管していたとすれば、今回問題になった毒は、冬木が飲んだ毒の残りということになるのではないか。

和可久沙は、首を横に振るでもうなずくでもなく、ただ、ゆらりと頭を動かして、低い声で言った。

「……仮にそうだとして、わたくしの罪が、王の殺害ではなく、冬木姫の殺害になるだけですよ。あの水差しを無理に使わせたのは、わたくしなのですから」

「無理に、なの？」

「絵柄が気に入らないと、嫌がっておいででした。王と同じです」

「あなたはどうして、あの水差しにそこまでこだわったの？　誰にでも好みはあるのだから、そんなに強く薦めなくてもよかったでしょうに……」

「……」

和可久沙は何かを逡巡《しゅんじゅん》し、やおら碗を摑むと、まるでやけ酒でもあおるかのように白湯を飲み干した。そして碗を音高く卓に置くと、はっと短く息を吐く。

「——三実王に、ぜひにと頼まれたからです」

戻ってきていたはずの和可久沙の顔色は、また青白くなっていた。

静かな雨音が絶え間なく聞こえている。

まるで今日はそういう日なのだと決められているかのように、昼からずっと、雨の強さは変わっていなかった。

「……やっとあなたの口から、その名前が出た」

つぶやいて、淡雪は松の実を奥歯で嚙む。

淡雪はここまで、あえてその一番疑いの強い名前を避けて話をしてきた。水差しを誰から預かったのかとも、あえて訊かなかった。和可久沙が自ら三実に言及すれば、潮目が変わる気がしていたのだ。

「それは、冬木姫のとき？　それとも王の？」

「どちらもです」

「でも、変ね。冬木姫は三実王のときの后じゃないでしょう？　毒を盛る必要なんてあるかしら」

　とぼけた様子で、淡雪は首を傾げた。とても重大な話を聞いている。だが和可久沙が続きをためらうような雰囲気は、作ってはいけなかった。

　尋問ではなく、雑談だと思わせたほうがいい。

「……殺めてしまおうとまでは、思っておられなかったはずです」

　それでも和可久沙の表情は険しかった。

「弱い毒だったのかしら」

「そうなのでしょう。いえ、わたくしはそういうものには何も詳しくありませんが、三実王は毒の知識をお持ちだと、人づてに聞いたことはあります。あのとき三実王は、冬木姫が早く天羽の里へ帰ればそれでいいと」

「帰したかったの？　自分の后でもないのに？」

　淡雪が少し高い声で問うと、和可久沙は窓のほうへ視線を向ける。

「この後宮を含めた宮城がある敷地の周りには、退位した王の住まいがあるのです」

「ああ、何ノ院、って……」

「はい。東側に梅ノ院、桃ノ院、桜ノ院。西側に藤ノ院、橘《たちばな》ノ院、楓《かえで》ノ院です。現在桜ノ院と楓ノ院は空いておりまして、鴻唐《こうとう》国よりの使者が来訪したさいの宿所などに使われております」

「前の王が梅ノ院においでだとは、聞いたことがあるわ」

「そうです。その前の基海王《もとみ》が藤ノ院、さらにその前の義郷王《よしさと》は桃ノ院を使っておいでで、橘ノ院もいまは空いていますが、五年後に当代の王が退位された後、橘ノ院に入られる予定です」

「……六つのうちふたつは空いていて、あとの四つが六十六代から六十九代——」

淡雪は指折り数えていたが。

「三実王は、六十五代目の王よね？　この中のどこにもお住まいじゃないの？」

「三実王は都の東南にある東十四坊に館を構えておいでです。後宮からは最も遠く、巽《たつみ》の社に近い場所です。ただ、冬木姫が后のときには、桜ノ院にお住まいでした」

そう言いながら、和可久沙は淡雪の顔をじっと見つめる。

「三実王がお住まいをあえて後宮から遠い場所へ移されたのは、冬木姫に奇妙な力があったからです」

「奇妙な力？」

もう予感はあった。

だが都に来れば、こういう場面は必ずあるだろうと、常に心構えをしている。

「遠くの物ごとを見る力です。冬木姫は冬殿にいながら、外の様子を見ることができました」

「……それは、天眼天耳ね」

知らないふりは、かえって不自然だ。淡雪は納得したふうでうなずく。

「御存じでしたか」

「天羽にいたのだもの。知っているわ。これははるか昔から、天羽家の血を引く女人にしか現れないと言われている力だから」

「わたくしは知りませんでしたが、過去に典侍を務めた者の記録が内侍司にありまして、そこに天羽家にはごくまれに天眼天耳なる『術』を使う女子が生まれると記されていたのを読み、冬木姫の不可思議な言動のわけに気づきまして」

「あなたが気づいたの？　冬木姫から言い出したのではなくて？」

「冬木姫は、初めは隠しているようでした」

和可久沙は無意識に碗に手を伸ばしたが、すぐに中身が空なのを思い出したのか、代わりに松の実を摘んだ。淡雪は立ち上がり、水差しを持ってくる。

「ああ、すみません。あ、蜜は本当にもう結構ですので。……都に来られて二年目に入ったころでしたか、何がきっかけかは忘れましたが、わたくしと冬木姫で、少々、言い合いをいたしまして。わたくしは御存じのとおりで、冬木姫もなかなか勝ち気な方でしたもので、口論は珍しくもなかったのですが」

「空蟬姫ともそうだったと聞いたわね」

淡雪は笑いながら言い、水差しを戻してまた寝台に腰掛けた。

「そうですね、どちらも勝ち気といえますが……空蝉姫は何につけても自分の好きなようになさりたい方で、冬木姫のほうは、そこまで我を通そうとはされませんでしたが、后として尊重されたがるというか、そういった違いはありました」

白湯に口をつけ、和可久沙は息をつく。

「たとえばあの孔雀の水差しにしても、冬木姫は絵柄が気に入らない、こんな気味の悪いものを后に使わせるなんて、と怒っておいででしたが、もし仮にあれを空蝉姫にお薦めしていたら、柄がどうこうより、気に食わない典侍が持ってきたものなど使うものか、という理由で拒まれただろうと思います」

「たしかに同じ勝ち気でも、ちょっと違うわね。……あら、ごめんなさい、話の腰を折ってしまって。冬木姫と言い合いして、どうしたの？」

「いえ。口論の内容もいまでは忘れてしまいましたが、そのとき外に出ない冬木姫が到底知るはずのないことを口にされたので、何故知っているのか訊きましたところ、私は何でもお見通しなのよ、とおっしゃったのです」

「誰かから聞いたというのでもなく？」

「他の女官も誰一人知らないはずのことでした」

和可久沙は手にしたままだった松の実を口に入れ、控えめな音を立てて噛んだ。

「……気味が悪くなりまして、他の女官に命じて、それとなく探らせました。すると冬木姫が、私は遠くのものを見る『術』が使えるのだと、気に入りの女官に得意げに話していたことがあるというのです」

「まぁ……」

自分から力を明かすとは、ずいぶん軽率なことをしたものだ。他人から歓迎される力ではないことくらい、冬木も承知していただろうに。

それとも、特別な力を持つ后なのだと、畏怖されることのほうを望んだか。

「冬木姫の気に入りの女官は、そんな力のことは知りませんので、信じていなかったのか、聞き流していたようですが……」

もとより疑っていた和可久沙は、確信したのだ。冬木には異質な力があると。

「あなたは困ったでしょう。覗き見されているのと同じだもの」

「いつどんな場を見られているかわかりませんので、気が休まりませんでした」

やはりそうだ。それが普通の反応だ。……鳴矢のように考える人は、鳴矢以外にはいないだろう。

「歴代の典侍の記録でこれが天羽家特有の力だと知り、わたくしは桜ノ院の三実王に相談に伺いました。三実王はすぐにその力のことを調べてくださり、後日、冬木姫がどれほど遠くまで見通せるのか確かめるようにと指示をいただきました」

「どれくらいだったの？」

「最も遠くは、三条大路くらいでした。……と申しましても、后にはおわかりになりますまいが」

「そうね。行ったことないもの。でも、地図は見たことがあるわ。四つの社の場所をそれぞれ知りたいと言ったら、書司《ふみのつかさ》が都の地図を持ってきてくれたから」

あとは『目』で見て、三条大路がどのあたりかは知っている。三条大路はちょうど宮城の南門を出たところだ。冬木の力の限界が三条大路だとすれば、空蟬よりずっと強いが、自分よりは弱い。自分は八条大路までは見られた。

「冬木姫の髪の色は、錆色《さびいろ》でした。他の后も、榛色《はしばみいろ》や檜皮色《ひわだいろ》でしたので、どの方にも何らかの力があっておかしくはありませんでしたが……」

和可久沙の目は淡雪の髪を見ていた。

初めて顔を合わせたとき、和可久沙はわざわざ被っていた薄布を外させて、淡雪の髪の色を確かめた。そして、髪が黒い、と言ったのだ。怪訝な顔で。

「……天羽は、必ず何かの力を持っている女を后として送りこんでいると思った？」

「冬木姫以前は、そのようには考えませんでしたが……」

「疑うのも無理はないわね。——空蟬姫は？」

「あの方に、冬木姫のような力があるようには見えませんでした」

それはそうだろう。空蟬の天眼天耳力の限界は隣りの部屋だ。

淡雪は白湯の碗を取り、ひと口飲んだ。

「天羽家のほうは、そこまで厳密に何かの力を持つ巫女を選んではいないはずなのだけれどね。……ああ、つまり、三実王が桜ノ院から住まいを移したのは、冬木姫の力で見えないくらい遠くへ……」

「はい。そういうことです」

三条大路より少し遠くではなく、あとちょっとで都を出てしまうくらい遠くに居を構えたのは、冬木よりさらに強い天眼天耳力を持つ后が後宮に入ることを恐れたからだろう。

その懸念は当たっていた。三実の館があるという東十四坊は、八条大路よりさらに南、九条大路を越えたところにある。自分の力では、『目』が届かない。

「桜ノ院を出られても、三実王は安心なさいませんでした」

和可久沙も白湯を飲み、そして碗の中に目を落とす。

「冬木姫は危険だ、その力で天羽家が何かを探ろうとしているのかもしれない、すみやかに里に帰すべきだと……」

「それなら合議に報告すれば、后の交代はできたのではないの？」

何も毒を飲ませるなどという危険を冒さなくても、よかったはずだ。淡雪は思わず身を乗り出したが、和可久沙はまだ下を向いている。

「わたくしもそれは進言しました。すぐに合議に上げましょうと。ですが三実王は、このことを他家に知らせる必要はないと、頑なに反対されまして」

「……それで、毒？」

「はっきり毒だとはおっしゃいませんでした。必ずこの水差しを冬木姫に使わせよ、しばらくすれば余計な真似をする暇はなくなるだろう、と……」

「あなたは……そのとき、毒だと思った？」

なるべく責める口調にならないよう、慎重に尋ねた。和可久沙は力なく首を振る。

「思いませんでした。……いえ、きっと嫌な予感はしていました。でも、わたくしも冬木姫の力が怖かったのです。不安ゆえに、三実王におすがりしたのですから……」

急に窓の外が暗くなった。

ずっと同じように降り続いていた雨が、強さを増している。

雨音にまじって、同罪です、とつぶやく声が聞こえた。

「……怖かったなら、仕方ないわ」

うつむく和可久沙は見逃している。淡雪の唇に刻まれた自嘲を。

しょせん怖がられ、気味悪がられる力なのだ。

いま、たまらなく鳴矢が恋しいのは――ただの逃げだ。

少しの沈黙が過ぎた後、外がまた少し明るくなり、幾らか雨も弱まった。

「ねぇ、気を悪くしたら申し訳ないのだけれど……」

淡雪はやや声を高くし、だが、そこでひとつ咳払《せきばら》いをする。

「あなたが三実王の愛妾だったたって、本当？」

和可久沙はようやく顔を上げた。その眉間にはくっきり皺が寄っている。

「ただの噂だったみたいね」

「……まだそのような話をする者がいるのですか」

「誰から聞いたかは内緒にするけど、聞いた人も嘘か本当かはわからないって言っていたわ」

「嘘ですよ。愛妾なら春殿夏殿秋殿すべてにいましたし、尚侍もお手つきでした」

「あら、すごい。王になられたとき、もうそれほどお若くなかったと聞いたけれど」

「四十二歳で即位されて六十歳で退位されましたが、その間に愛妾も尚侍も何人入れ替わったことか……。女人に関しては飽きるのが早いお方ですから」

ため息をつき、和可久沙は碗を卓に戻した。

「そのような状況では、わたくしも愛妾の一人だと思われても無理はないのですが、断じて違います。むしろわたくしは、お手がつかなかったからこそ長年お仕えできたと、誇りに思ってきましたので」

誇りという言葉を使いながら、和可久沙はどこか悔いているような表情を見せた。

「そうね。あなたは一途《いちず》な人のようだし、愛妾なんて不向きね」

「……まだ他にも何か、わたくしの噂を聞きましたか」

和可久沙の心底嫌そうな顔に、淡雪は小さく吹き出す。

「だって、あなたがあんまり天羽の后に当たりが強いから、同情してくれる人もいるのよ。これは時雨姫のせいで、わたしは悪くないって」

「それもですか。……あとはどんな話を聞きました？　このさいすべて教えていただきますよ」

いろいろと噂されているという自覚はあったようだ。

淡雪は衣那から聞いた話を、衣那から聞いたとは言わずに和可久沙に伝えた。

「……それで、あなたはそれから誰にも嫁がずに典侍の務めを全うしているって」

「よくもまぁ、三十年も前の話を……」

呆れているというより、感心さえしているような口調だった。

「こっちは本当なの？　許婚のこと」

「本当です。ええ、残念なことに」

和可久沙は甘栗を口に入れて、何度かうなずく。

「……わたくしは馬頭《めず》の出で、母を早くに亡くし、継母とはうまくいかず、十三歳で都へ上りました。鳥丸家は繁家に縁のある豪族ですので、その伝手《つて》で繁本家に侍女《まかだち》として雇っていただけましたが、そういういきさつでの上京ですので、もう故郷へ帰るつもりはありませんでした」

訥々《とつとつ》と、和可久沙は話し始めた。

「その当時の繁家の家長は、三実王の兄君の広実《ひろざね》様で、わたくしの仕事は主に、広実様の妻の、小澄初雁《はつかり》様の身のまわりのお世話でした」

「小澄家から嫁がれた方？」

「そうです。そのときでも四十五は超えていたかと思いますが、お美しい方でした」

和可久沙はまた白湯の碗を手に取り、ひと口飲んで卓に戻す。

「働くうちに、同じように繁家に縁のある豪族とも知り合うようになり……その中に松枝能虎という、わたくしと同い年の男子がいました」

「……」

参議のあの男か。表情には出さず、淡雪は話に耳を傾けていた。

「都育ちで物腰柔らかく、背が高くて……恋仲になるのに、それほど時間はかかりませんでした。わたくしはこのまま結婚するものと思っておりましたし、向こうもはっきりとは言いませんでしたが、いずれはとほのめかしていたのです」

「でも、あなたは三実王に頼まれて、典侍になった……」

「わたくしが上京したとき、すでに三実王の御世でした。ですが三実王は、たびたび繁本家を訪ねておいでで、いつも堂々としておいでで、御立派な王なのだと思っておりましたから、直々に声をかけてくださったことがうれしくて……能虎も、一年なら待つと……」

和可久沙は気持ちを落ち着かせようとしてか、深く息を吸い、吐き出した。

「……あとは、后もお聞きのとおりです。わたくしは時雨姫を恨みました。ですが、たった半年も余分に待ってくれなかった、能虎も恨みました。恨んだところでそちらには何もできませんでしたが……」

「ねぇ、あの、それ——あなたも、もう気づいているんでしょう？　待たなかったのではなくて……」

松枝能虎は、初めから和可久沙と結婚する気はなかったのではないか。

衣那から話を聞いたとき、淡雪は真っ先にそれを疑ったのだ。本当に結婚する気があれば、一年を少し過ぎても待ったはずである。待たなかったのは、初めから待つ気などなかったということ。

「……能虎と結婚したのは、都に根付いた豪族の娘です」

思いのほか穏やかに、和可久沙は言った。

「同じ豪族の娘でも、馬頭の田舎の豪族の、それも親に捨てられた娘などではなく、財のある家の娘です。家同士のきちんとした縁談での結婚です。……おそらく、もう何年も前から決まっていたことでしょう」

「……」

「典侍を続けたのは、繁家に戻って、身の程知らずの結婚を望んだ女だと、笑いものになりたくなかったからです。捨てられた事実を認めたくなくて、みじめさを隠したくて、何もかもを天羽の后のせいにしました。こんな弱さを知られたら、後宮でも笑いものになるかもしれないと恐れて、強い典侍でいようとふるまいました」

和可久沙はしきりに瞬きをくり返していた。目の前にたった一人しかいなくても、涙をこぼすことができない、それがむしろ哀れだった。

「見栄《みえ》で身を固めた、馬鹿な女です。一年を過ぎても引き止めてくれた時雨姫には、むしろ感謝しなければいけませんでした」

淡雪はふと、時雨も気づいていたのではないかと思った。

時雨が和可久沙の過去か心を読めたとしたら、どこかで能虎の不実を見抜き、このまま結婚させてはいけないと、あえて頼りきったふりをしたのかもしれない。

もっとも、それはただの推測にすぎない。時雨はもうこの世にはおらず、確かめようもないのだ。

「……でも、わたしはあなたに嫌われる、ちゃんとした理由があると思っていたわ」

「何です？」

「若草姫《わかくさ》」

「……」

初めて会った日に、和可久沙の名を姫名と間違えた。本格的に嫌われたのは、それがきっかけだったはずだが。

「いえ。……それもわたくしのせいです」

「まぁ、先に名乗っておいてほしかったけれど」

「それもありますが、そもそもがやつあたりなのです。姫名風の名を持っていれば、姫名と間違われることはあります。怒るほどのことではないのですが、ただ――」

和可久沙が、苦虫を嚙み潰したような顔になる。

「能虎がわたくしを、若草姫と呼んだのです。その、睦言《むつごと》のときにだけ」

「……あら」

「それを思い出して腹が立ったのです」

「やつあたりね」

「不愉快になりたくなければ、たしかに先に名乗るべきでした」

申し訳ございませんと、何度目かわからない謝罪をしながらも、よほど嫌な記憶となってしまっているのか、和可久沙はまだしかめっつらのままだ。

「ところで、その能虎という人は、いま何をしているの？」

「参議の末席におります。来年には退任のはずですが。たいした能力もないくせに、よくそこまで出世したものです。よほど繁家に媚びへつらったのでしょう」

なかなか辛辣だ。恨みがそう言わせたというより、典侍として働くうちに、そのあたりの見る目が養われたのかもしれない。

淡雪がふっと笑いを漏らすと、和可久沙もようやく少し口角を上げた。

「それじゃ、あなたには不似合いの相手ね」

「さぁ、どうでしょう。わたくしは似た者同士と思っております。繁家に頼ってここまできたのは、わたくしも同じですから」

それに――と言って、和可久沙はまた憂鬱な面持ちに戻る。

「未練がましさ、執念深さは、わたくしのほうがはるかに上です。典侍を長年務めておりますと、あちこちから頼まれごとが舞いこんでくるのですが、わたくしはそれをすべて、能虎に押しつけておりますから」

「あら。じゃあ、よく顔を合わせているの？」

やはり『目』で見たあれは、そういう場面だったのか。

「ええ。あちらもわたくしを捨てた後ろめたさは、三十年経っても持っているようでして、いまだに顔を合わせるとおどおどするのです。滑稽ですよ」

「かわいい嫌がらせね。その程度で許してあげているなんて、寛大だわ」

「誠のない男だと見抜けなかった、自分の愚かさのほうが恨めしいのですよ」

ため息まじりに言い、和可久沙は松の実を口に入れる。

淡雪も甘栗を摘みながら、和可久沙の目をじっと見た。

「それじゃ、もうやめてもいいのではないの？」

「何をですか？」

「三実王に利用されるのは」

「……」

和可久沙が松の実を嚙んだ固い音が、やけに大きく響く。

無表情で、和可久沙は顎だけを動かしていた。

「あなたの話を聞いていると、わたしには、あなたが三実王に利用されているとしか思えない」

「……」

「能虎という人のことも、結局は三実王が関わっていたのでしょう？　理由をつけてあなたを後宮に入れて、その隙に待てなかったふりをして結婚してしまおうって」

咀嚼を終えて、和可久沙は無表情のまま低くつぶやく。

「……考えないようにしてきました。ずっと」

「ずっと？」

「三十年、ずっとです。考えてしまったら……気づいていると、認めてしまったら、わたくしは……」

目を閉じ、今度はうつむくのではなく、和可久沙は天を仰いだ。

「わたくしには、故郷も家もないのです。能虎に捨てられ、典侍を続ける道を選んでしまったときから、わたくしにはもう、三実王しか頼れる人はおりません」

「でも、繁家は……」

「繁家の家長は武実《たけざね》様ですが、武実様でさえ三実王には頭が上がりません。実質的な家長は三実王です。あの方はそれほど強いのです。繁の一族に、あの方に逆らえる者など一人もいません。あの方の不興を買った時点で、すべてが終わるのです」

早口にまくし立て、和可久沙はがくりとうなだれる。

「……昔、繁家で同じく侍女をしていた、二十歳くらいの女人がいました。面倒見がよく、わたくしもとても世話になりました」

和可久沙は、自分で自分を抱きしめるようにして話していた。

「あるとき三実王が、広実様が御不在のときに初雁様を訪ねてこられたのです。そのようなことが何度かありましたもので、その侍女が三実王に、ぜひ広実様がおいでの日にもお越しくださいませ、と言ったのです。……侍女は、顔を焼かれました」

淡雪は思わず、両手で口を押さえる。

「……まさか、火天力？」

「そうです。一瞬でした。無言で片手をひと振りして……悲鳴を上げて痛みに転げまわる侍女を置いて、三実王は初雁様のお部屋に入っていかれました」

当時の様子を思い出したのだろう、和可久沙も震えていた。

「あの方に余計なことを言えばどうなるか、わたくしは一度で思い知らされました。……ただ、あの方が力を使うところを見たのは、その一度きりです。機嫌のいいときには冗談を言い、侍女たちにも気前よく物をくれるときもありました。もしかしたらあれは何かの見間違いだったのではないかと、そう思えてしまうほど……」

自分の肩を強く抱き、和可久沙は大きく息を吐く。

「……とても恐ろしい方です。でも、強い方だと思いました。そのような王から典侍の役目を仰せつかったのが、誇らしくもありました。自分は強い王に信頼されているのだと、それがわたくしの矜持《きょうじ》でもありました」

ですが、と言って、和可久沙はゆっくり自分の肩から手を離した。ようやく震えは止まったようだ。

「水差しの件で捕らえられて、嫌でもこれまでの自分と向き合わなくてはならなくなりました。……王や蔵人頭に尋問されているあいだも、わたくしはずっと、考え続けていたのです。何故、このようなことになったのかと」

さびしげな表情は、もう、三実から利用されていたことを認めていた。

「侍女の人は……どうなったの？」

「その日のうちに仕事を辞め、繁家を去りました。都には水天力《すいてんりき》を持つ医師もおりますので、『痕』は消してもらえたと思います」

「そう……」

圧倒的な力を目の当たりにして——それが自分の味方であってくれたらと、思った気持ちはわからなくはない。

だが、和可久沙がこのような罪で捕らえられたことを、三実が知ったら。

利用できなくなった和可久沙を、三実はどうするだろうか。

「……ねぇ、今日あなたがわたしに話してくれたこと、王と蔵人頭にも、お話ししたほうがいいわ。全部、包み隠さずに」

鳴矢なら悪いようにはしないはずだ。希景も、情のない人ではない。

「わたしは天羽の后として、あなたの謝罪を受け入れます。あとは、あなたが鳴矢王に危害を加える気がないなら、それでいい。王の治世は穏やかであってほしいの」

和可久沙は淡雪の言葉を聞き——初めて見る、美しい笑みを浮かべた。

「……あなたは、巫女ですね」

「え？」

「これまでのどの后を見ていても、巫女だとは思いませんでした。もちろん神事での姿は見ていますし、その役目を疎《おろそ》かにした后はいませんでしたが……あなたは、他の后とは違う。祈ることに真摯です」

「そうかしら。……って、あなた、わたしの神事についてきたことないじゃない」

淡雪は首を傾げる。和可久沙に祈る姿など見せた覚えはないのだが。

「ええ。後悔しています。あなたの神事も、一度くらいは見ておくべきでした。もう二度と、神事に立ち会うこともないでしょうから」

そんなことはないのではないか——と言おうとして、やめた。

和可久沙の今後は何もわからない。安易なことは口にできなかった。

「……天羽の里では、そんなに真面目に巫女をやっていたつもりはなかったけれど。おかしなものね。里を出てから、そんなことを言われるなんて」

「歌を、歌っておいでしたでしょう」

「歌？　……ああ、古歌ね。ええ、何となく」

和可久沙がまだ後ろで黙りこんでいた日だ。そういえば、あれは祈りの歌だった。あのことを言っていたのか。

「何を思って、歌っておいでしたか」

「あれは——」

淡雪は窓の外に目を転じる。

いつのまにか、雨は止んでいた。

「……ああ、そうね」

背筋を伸ばし、淡雪は和可久沙に笑いかける。

「わたし、ここへ来て、本当の意味で巫女になったのかもしれないわ。……祈りたい相手を見つけたから」

うなずいて、和可久沙も微笑みを返してきた。


翌朝、湯を使ってから、和可久沙は来たときと同じように香野と兵司に連れられて内侍司へ戻っていった。膝が痛むなら足枷はつけないほうがいいと淡雪は言ったが、和可久沙は、后には時に厳しさも必要、罪人は罪人らしく扱うようにと説教をして、自ら足枷をつけ——そして、それまでずっと髪に挿していた、内侍司の女官の証しである藤の花の挿頭を外した。

この日はたまたま合議がなかったようで、和可久沙の再尋問は鳴矢と希景の二人によって朝から行われた。和可久沙は今度こそ黙することなく、水差しを冬木に使った件から三実との関係性まで、落ち着いて話していた。

ただ、ひとつだけ、どうやら昨日の「雑談」では言わなかったことがあったようだった。

三実の退位後も和可久沙は忠実な僕《しもべ》を続けていた。後宮にあっても常にその意思をくめるよう、都の外れに住む三実とのあいだには、連絡役がいたらしい。三実の使者は月に一、二度、和可久沙を訪ねてくるのだという。こちらも馬頭国《めずのくに》の出身で、二十年ほど前から三実に仕えている、四十過ぎの猫背の小男なのだそうだ。

今年三月のある日、その猫背の小男が和可久沙に「以前預けた孔雀の水差しを近く花見の宴で使いたいと、三実王がおっしゃっている」と言い、持ち帰った。その宴は繁家に縁の豪族の主催だったが、外出嫌いの三実のために、三実の館で開かれたもので、和可久沙も招待されていた。

十年も前の、それも冬木に毒を盛ったいわくつきの水差しである。もしや宴で誰かを殺めるつもりなのではと、和可久沙は内心で恐々としていたが、宴でその水差しを見かけることはなく、三実も酒宴を楽しんでいる様子で、終始上機嫌だった。

安堵しつつ、宴が終わり後宮へ帰ろうとしたとき、和可久沙は三実から直接、孔雀の水差しを手渡されたのだ。――新しい王に使わせよ、と。

言われたのはそれだけだった。何のためにとか、どうして鳴矢王なのかとか、また毒が入っているのかとか、訊き返すことはできなかった。ただ黙ってうなずく、それが和可久沙の保身だった。

後宮に戻り、しかし和可久沙は、自分でそれを夜殿に置く度胸はなかった。掌侍に命じ、いま夜殿にある水差しと取り換えさせるのでせいいっぱいだった。

何も知らない掌侍は孔雀の水差しに白湯を入れ、夜殿の寝所に置いてきた。

王はいつも寝る前に白湯を飲むらしい。朝になって、王はどんな姿で発見されるか。生きているのか。それとも――

眠れぬ夜をすごし、翌朝、和可久沙はいつもより少し遅れて夜殿へ行った。

王は生きていた。どこも具合の悪い様子はなかった。それどころか、普段より元気そうにさえ見えた。掌侍は水差しを回収し、残った白湯を捨て、新しい白湯を作って夜殿に置きにいった。

自分の思いすごしだったのだ。和可久沙は心底ほっとした。三実は新しい王を殺すつもりなどなかった。きっとただ厚意で、若い王に自分の持ち物を使わせてやろうとしただけだったのだ。

ところが孔雀の水差しは、昼にはもう内侍司に戻ってきた。掌侍に尋ねると、王に絵柄が気に入らないから取り換えてくれと言われたので、白無地の水差しに戻したのだという。それで安心が怒りに変わった。毒など入っていなかった。ただ三実の厚意で譲られたものだ。それを無下にするとは。

和可久沙はすぐに孔雀の水差しを抱えて夜殿に行った。置いておけば使うだろうと思ったが、珍しく昼過ぎに夜殿にいた鳴矢と鉢合わせし、使え使わないの押し問答の末――水差しは割れた。

和可久沙の話を聞くあいだ、鳴矢は腕を組み、苦い顔をしていた。

淡雪はその様子を『目』で見ていた。

鳴矢の渋面の理由を、淡雪はよくわかっていた。

和可久沙が三実から再び孔雀の水差しを受け取ったという宴があったのは、淡雪が鳴矢に招かれて、紀緒たち、希景とともに、夜殿で花見をしたのと同じ日だ。

そして孔雀の水差しが寝所に置かれたのも、同じ日の夜。

その夜、鳴矢は淡雪に逢いに冬殿へ来ていた。……はからずも、鳴矢に天眼天耳の力を打ち明けることになった、あの夜だ。

あのとき淡雪は『目』で孔雀の水差しを見た。それが力の証明になった。

孔雀の水差しに毒が入っていなかったのではない。偶然、ひと晩寝所を不在にした鳴矢が、たまたま白湯に手をつけなかっただけだ。

冬木のときと違い、今度は水差しに毒はなかったと信じていた和可久沙にとって、破片から毒が見つかったという話は衝撃だった。何かの間違いだと思った。現に鳴矢は無事なのだ。知らないと言い続けるしかなかった。ただ、預かり物だと口をすべらせたのも、保身だったのかもしれない。悪いのは自分ではなく、三実なのだと。

捕らえられ、考え続けているあいだに、わからなくなっていた。結局、毒はあったのかなかったのか。次第に、あったのかもしれないと思うようになってきた。どんな意図があって三実が鳴矢を害そうとしたのかは、見当もつかない。

わかっているのは、また自分は三実に利用されたのだということだけ。

絶望の淵《ふち》にいたところに、何故か冬殿に移された。罪人じゃなくてもここから逃げられないと、笑って言った后。同じとらわれの身になった憎らしい典侍を、あざ笑うために冬殿へ呼ばれたのかと思ったが、淡雪は和可久沙の罪について何も言わなかった。それどころか湯を使わせ、蜜入りの白湯と菓子を手ずから用意してくれた。

何も問わない淡雪に、何もかも聞いてほしくなった。

だが、これだけは明かせなかった。自分が本当に鳴矢を殺していたかもしれないということ。返り討ちにしてでも王を守ると、本気の目で言った淡雪に、冬木のときの毒の残りではなく、新たな毒が与えられていたかもしれないことは話せなかった。

本当に何かあったとき、冬殿にとらわれの身では、王は守れない。その事実は后を苦しめるだろうから――

「……」

腕組みしたまま、鳴矢は険しい面持ちできつく目をつぶり、息をついた。

手にした木簡に筆を走らせ、覚え書きを作りながら話を聞いていた希景が、鳴矢に目を向ける。

「王。あの水差しで、白湯は……」

「飲んでない」

低い声で言い、鳴矢は目を開けた。

「偶然だ。……あの夜、俺は、白湯を飲まなかった」

「……偶然……」

和可久沙の表情がゆがむ。

「それなら、飲まなかった白湯に毒がほとんど溶け出し、割れた破片に残ったぶんはかろうじて鼠を死なせる程度だったのでしょう」

希景が冷静に告げ、木簡を懐にしまった。

「そろそろ昼です。尋問はここまでにしますか」

「……そうだな」

腕を解き、鳴矢はうなだれる和可久沙を見下ろす。

「三実王が関わっていたとなると、沙汰はより慎重にしなければならない。おまえの処分についても、時間をかけて検討する。決定まではこれまでどおり病ということにしておくが、この部屋が仮の牢であることにも変わりはない。承知しておけ」

「……はい」

「ただし二日に一度、内侍司の湯殿の使用は認める。尚兵を通じて、后から願い出があった。鳥丸和可久沙は膝を痛めているので、治療のために湯浴みは許可してやってほしいと」

和可久沙が、はっと顔を上げた。

「尋問が可能になった功績は后にある。よって聞き入れることにした」

「……ありがとうございます……」

「感謝なら后にしろ。——希景、表に香野が待機しているはずだから、あとで冬殿の鍵を闈司《みかどのつかさ》から取ってくるように言ってくれ。私からも后に礼を言いにいく」

「……かしこまりました」

丁寧に一礼しながらも、希景の顔には呆れの色がちらついていた。しかつめらしく言ってはいるが、どうせ理由なんかどうでもよく、いますぐ逢いにいきたいだけなんだろう——とでも言いたげな表情だ。そして、たぶん当たっている。

一方、淡雪の片恋であると思っているのであろう和可久沙は、鳴矢を見上げ、何か言いたげな、しかし何も言えず、複雑な面持ちをしていた。

曇り空ではあったが幸い雨は降っておらず、淡雪は沓を履いて庭に出ていた。

石畳の道を、一歩一歩、ゆっくりと、名も知らぬ青い花や池の水面を眺めながら、表門のほうへと進む。

自分が表門に着くのが先か、それとも鳴矢があの扉を開けるほうが早いか——すると表門までまだ半分も行かないうちに、大きくきしんだ音を立てて扉が開いたかと思うと、すごい速さで人影が走ってきた。

「ちょっ……危ないですよ！　まだ、道、乾いていないから……」

あっけに取られているうちに、淡雪はもう、鳴矢の腕の中にいた。抱き寄せられた勢いで爪先が地面から浮く。

「転んだらどうするんですか……って」

「淡雪抱えてて転ばない。絶対に」

「……あなただけですか？　后に礼を言うのが建前なら、香野さんが一緒では？」

「俺だけ。多忙のため御遠慮しますっていう建前、言わせておいた」

独りで来てしまったらしい。

ぎゅうぎゅうと容赦なく抱きしめ、耳元に頬を擦りつけてくる鳴矢の肩を、淡雪は苦笑まじりに叩いた。

「一旦離してください。潰れます」

「……三日ぶり……」

「このあいだ三日ぶんと言って、さんざん好きにしていったのはどなたです？」

「俺です。……淡雪が無事でよかった」

ようやく正常な呼吸と、足の裏に地面の感触が戻る。淡雪はあらためて少し背伸びして、鳴矢に軽く口づけた。

「御心配おかけしました。このとおり、何もありません。王から日に何度もわたしの様子を訊かれたって、紀緒さんや真登美さんが辟易《へきえき》していましたよ」

「だってさぁ……」

「三日は必要だったんです。ちゃんと尋問できたでしょう？」

鳴矢は口を尖らせ、大げさにしかめっつらをしてみせたが、すぐに穏やかな笑顔に戻り、身を屈めてくる。

ゆっくりと重ねられた唇は、先ほどより少し深く、もっと長かった。

「……ありがとう。淡雪のおかげで、いろいろわかった」

今度は包みこむような軽い抱擁にして、鳴矢が言う。

「いい話は何もなかったですけれど」

「知らないままじゃ、身を守れないからね。とりあえず三実王は俺が邪魔らしいってわかっただけでも、大収穫」

淡雪は鳴矢を見上げた。頭の後ろでひとつに束ねた鮮やかな赤い髪が、風に揺れている。……鳴矢の様子には、何の気負いも見えないが。

「髪の色が、変わったからではないですか」

「ん？」

「鳥丸の典侍が孔雀の水差しを三実王に一度返したのは、あなたの髪の色が真朱色に変わったあとですよね。髪の色のことで、臨時の合議まで開かれました。あのとき、次の王と同じ力の髪の色になったことが問題になって……」

次の王は決まっている。

銀色の髪を持つ——繁家の少年。

「俺は中継ぎ以上の任期を望むなんて言ってないし、思ってもいないよ」

鳴矢は静かな口調で告げた。

「そもそもの即位の条件ぐらい、三実王だって知ってるはずだ。あと五年経たなきゃ繁銀天麿《ぎんてんまろ》が王になれないってこともね。髪の色は関係ないんじゃないかな」

「絶対に関係ないとは言い切れないでしょう。もし髪の色が原因なら、変わったのはわたしのせい……」

軽い抱擁が強い抱擁になり、鳴矢の胸に顔を押しつけられ、言葉はそこで途切れる。

「はい、そこまで。あれは押し入った盗賊が悪いし、行きと帰りで庭師の人数を確認しなかった担当者が悪いし、最終的には警固の責任は俺にあるから俺が悪い。以上。もう一回でもわたしのせいとか言ったら、このまえよりめいっぱい部屋明るくして、もっといろいろするからね」

「……ひどい……」

「言わなきゃいいだけだよ」

「あなたの火天力の使い方、神が怒りますよ……」

「一番いい使い方だと思ってるんだけどなぁ」

のん気な声に、つい肩の力が抜けた。それでようやく、鳴矢も腕を緩める。

一歩後ろに下がって、鳴矢が顔を覗きこんできた。

「俺が来るの、ここで待っててくれたんだ？」

「……表門から来られるようでしたので」

「夜に来るつもりだったんだけど、ああ、もちろん夜も来るけど、建前は利用しようと思って。……やっと昼間、明るいところで、普段の淡雪が見られた」

たしかに日常の格好だが、さっき急いで髪に櫛を入れ直したり、唇に薄く紅をさしたりしたのは、内緒にしておこう。

「でも、礼を言うためだけなら、あまり長居はできませんよね？」

「……香野みたいなこと言わないでよ」

「言われたんですか？」

「何か、あいつ警戒してるんだよな。反対はしてないんだけど、五年だけのことなんだから、あんまりのめりこまないほうがいいですよ、とか言ってさ」

和可久沙は后から王への片恋だと思っているだろうが、おそらく香野のほうはその逆で、熱を上げているのは鳴矢のほうだと認識している。できればこの件について、二人で話題にしないでいてくれればいいが。

「香野さん、あなたのことよくわかっているんじゃないですか。のめりこんだら何をするかわからないって、気を揉んでいるんですよ」

「そのわりに手遅れだってわかってないあたりは、抜けてるよな」

ははは、と軽く笑って、鳴矢は淡雪の手を取った。

「せっかくだから、ちょっと歩く？　俺、冬殿の庭ってちゃんと見たことないんだ」

「そういえば、あなたとここの庭に出るのは初めてですね」

手をつないで、石畳の道をゆっくりと並んで歩く。少し晴れ間も見えてきた。

「藤と松と、楓と、桜……あっちも桜か。意外と花が少ないな」

「菫《すみれ》や杜若《かきつばた》も咲いていましたよ。花の咲く木は、空蟬姫が毎年のように植えたり抜いたりしていたそうで、最後には飽きてこれしか残さなかったのだそうです。わたしはこれで充分ですし、あれも植えていただきましたから」

淡雪は鳴矢が目を向けた枝垂《しだ》れ桜《ざくら》ではなく、いまは葉ばかりの八重桜を指さす。

「……俺があげた枝のと同じ桜？」

「はい。来年が楽しみです」

にこりと笑うと、鳴矢はちょっと面映《おもは》ゆそうに首の後ろを掻いた。

「けど、気に入った花があったら、もっと増やしていいからね」

「ありがとうございます。ただ、わたしはあまり花に詳しくないのです。天羽の里は寒いところで、花も少なかったですから。……あの花も、とてもきれいですけれど、名前を知らなくて」

淡雪は池の端の、青い花を指した。

「ああ、あれ——」

鳴矢は一瞬、遠い目をする。

「……あれは紫陽花《あじさい》。紫陽花っていうんだ」

「あれが紫陽花なんですか。名前だけは知っていました」

「植える場所によって、色が変わるよ。あれは青だけど、赤くもなる」

「そうなんですね。……でも、あの花はやめましょう」

「え、何で」

「あなたが嫌いな花を、わざわざ植えようとは思いません」

「……俺、そういう顔してた？」

つないでいないほうの手で、鳴矢は自分の顔をさすった。

「いま、少し。あれも抜いてもらいましょう」

「いやいやいや、そこまでしなくていいから。淡雪、きれいだって言っただろ」

「あなたは嫌いなんでしょう？」

「嫌いっていうか……」

鳴矢は淡雪の手を引いて、紫陽花に近づいていく。

青い花と緑の葉に残った雨粒が、日差しを受けてきらめいていた。

「……前に話したよね、俺の家出のきっかけ。母親が家に遊びにきた身内とのおしゃべりで、音矢《おとや》より公矢《きみや》と結婚できてよかったって話してたの、聞いたって」

「ええ……はい」

自分が父親だと思っていた人が実は違うのだと、決定的に知ることになった雑談。

生まれてこないほうがよかったのだと、鳴矢に思わせた——

「あの話をこっそり隠れて聞いてたのが、庭にあった紫陽花の陰だったんだ。ほら、ちょうどこれぐらいなら、屈めば十二歳の子供でも身を隠せるだろ」

「そうですね。葉が茂って裏は見えませんし……。そうだったんですか」

「だから紫陽花見ると、何となく思い出してさ。けど、花に罪はないし、あのときは花も咲いてない時季だったから、しいて言うなら、葉だけの紫陽花はあんまり」

つないでいた鳴矢の手を、両手で握り直す。

その手を自分の胸に押しあて、淡雪は鳴矢を見上げた。

「こういうときは、無理に笑おうとするものではないです」

「……淡雪」

「今後、どこかで紫陽花を目にしてしまったら、無理やりにでもわたしを思い出してください。それから、あなたが嫌だと思うことがあったときも、わたしに話してください。わたしには何の取り柄もありませんが、あなたを甘やかすことはできます」

鳴矢は一度、目を瞬かせ——黙って身を傾ける。

口づけは深くはなく、けれども決して短くはなかった。

「……ここの紫陽花、抜いたらだめだよ」

開いた片手で抱きしめられ、耳元でささやかれる。

「これは、淡雪の紫陽花だから。……今日、淡雪と見た紫陽花だから」

「……はい」

この青は、明るくなければ見えない色だった。

自分の知らない紫陽花の記憶を消すように、淡雪は鳴矢の頬に唇を寄せた。

第三章　都の南

和可久沙が冬殿から内侍司へ戻されてから五日、鳴矢は昼間こそ自重しているが、夜は土砂降りでも構わず、毎晩淡雪のもとへ通ってくるようになった。

相変わらず「子ができるようなこと」は踏みとどまるものの、ならばその一線さえ越えなければいいのだと開き直ったか、たびたび遠慮なく触れてくる。湯殿で転んで湯船に没したあのときに、鳴矢の箍《たが》を外してしまったらしい。

だからといって、いまさらそれをとがめる気もなく、淡雪はしたいようにさせていた。──そういうときはあまり部屋を明るくしないように、という条件付きで。

「……そういえば、今朝、合議の前に内侍司に様子見にいったら、鳥丸の典侍に淡雪のこと訊かれた」

寝台に横になり、背後から鳴矢に抱きかかえられながらまどろんでいると、すぐ耳元でそう言われた。淡雪は目を開け、少し顔を動かす。

「わたしのこと……ですか？」

「そう。后はどうしておいでですか、って。けど、毎晩逢ってるし毎晩かわいいとか言えないからさ」

「……言わないでください」

「まぁ、俺がわかるはずないだろって返事した。そうしたら、たまには神事以外でも顔を見せてさしあげてください、だってさ」

「あら……」

片恋のふりをしてしまったので、同情されているのだろうか。

「いまさら何をと思って、慣習はどうしたって訊き返したら、本来は『術』に影響がない範囲なら、王と后が共にすごすことに問題はなかったはずです、って」

「それは……たしかに……」

都で唯一の天羽家の者である后が自由にすごすことによって、時に心を乱し、『術』の発動に悪影響を生じた過去の教訓から、后は冬殿に軟禁されるようになったのだ。しかし逆に言えば、『術』が安定して使える状態の範囲であれば、后にそこまで制限をかけなくてもよかったはずだ。

それをいまごろ和可久沙に指摘されるのも、おかしなものだが。

「で、思ったのが――」

言いながら、鳴矢が唇を首筋に押しあてる。淡雪はぴくりと身を震わせた。

「……俺、あんまり気にしないでこういうことしてたけど……『術』が使いづらくなったことなんて、一度もないんだよな」

「え？　……あ」

今度は肩口を軽く食まれる。夜着の帯がほとんど解かれ、緩んだ襟が大きく開いてしまっているせいで、肩が剝き出しになっていた。

「いま『火』を出そうと思えば、すぐ出せるし……」

「……明るくしないで……」

「しないよ。しないけど、『術』は使える。……これって、ここまでしてても、淡雪の心は全然乱れてないってこと？」

片方の手が、崩れた夜着の合わせ目から忍びこみ、素肌の上をすべる。

「っ、そこ、くすぐったい……っ」

「全然乱れてないなら、それはそれで、納得いかないんだけど」

「そっ……あなた前に、『術』の安定は、七家も担うもの、って……」

「うん。言ったし、いまもそう思ってるよ。天羽の后だけじゃない、七家もしっかりしてないと『術』は安定しない。淡雪だけが背負うものじゃないんだけど、さすがにここまでしたら、ちょっとは乱れるんじゃないかなーって思ったり……」

　夜着の中で好き放題に動く手を、淡雪は思わず布の上から押さえた。

「……っふ、二人いれば、一人が、少しくらい心を乱しても……」

「二人？　……あ、そうか。梅ノ院にもいるのか。なるほど」

　同じ天羽の里から来た前の后である空蟬が、正体を隠して都にいる。一人より二人のほうが『術』は安定するだろう。

「小澄からも波瀬からも全然『術』が不安定だって報告がないから、これだけしても淡雪が動じてないのかと」

「そんなわけないでしょう……」

　片手を封じたくらいでおとなしくなるはずもなく、鳴矢は耳の下あたりに吸いついてくる。

「……あれ、でも、前の后が都に戻ったのって、いつだっけ。三月の末あたりだったか？　戻る前はどうだったんだろう……」

　独り言のようにつぶやきながら、自由なほうのもう片方の手が、襟元を割って入ってきた。……話すか触るか、どちらかにしてはくれまいか。

　そう思っていたら、どうやら鳴矢もしばらくは触れるほうに専念することにしたのか、耳元にはただ呼吸の音しか聞こえなくなっていた。

部屋を『火』で明るくされると、何もかもが鳴矢の目にさらされて恥ずかしいが、釣燈籠のぼんやりとした灯りだけの暗がりで触れられるのも、よく見えないがゆえに感覚を強く意識してしまう。

衣の中の片手を押さえていた手からは、とっくに力が抜けていた。追いつめるほどではなく、だが体の奥にゆっくりと熱をためていくような触れ方が続く。その熱を逃がすように淡雪がときおり足をばたつかせると、首筋で微かに笑う気配がした。

遠くで鳴ったのは、何刻を知らせる鐘の音だったのか――

鳴矢の手が、緩やかに動きを止める。ただ、ぬくもりだけは残すかのように、肌の上にそのまま置かれていた。

「顔が見たい。……明るくしていい？」

その声に、淡雪は深く息をつく。いつのまにかきつく目を閉じてしまっていた。

鳴矢はすぐ頭上ではなく天蓋の外に『火』を出したようで、あたりは明るくなったが、まぶしくはない。

体の向きを鳴矢の手で変えられ、仰向《あおむ》けで寝かされた。少し潤んだ視界に、鳴矢の楽しげな顔が映る。そのまま見つめていると、軽く口づけられた。唇が離れるとき、淡雪、きれいだ、というささやきが耳に届く。

よくそういう言葉が毎夜惜しげもなく出てくるものだと、近ごろは照れるより感心していた。淡雪は手を伸ばし、鳴矢の頭を引き寄せてもう一度自分から、少し長めに口づける。

目を開けると、おそらく一般的にはだらしないと言われるのであろう類いの、笑み崩れた表情がそこにあったが、それをかわいらしいと思うあたり、自分も大概、浮かれているのだろう。

「あ、そうだ。肝心な話があった。……あのさ、明日、夜殿に来られる？」

夜着の襟元を申し訳程度に整えていると、片手で頭を支えて横になり、淡雪の顔を覗きこみつつ、鳴矢が言った。

「どうか……しましたか？」

「希景が、話があるっていうんだよ。ほら、花見のとき、尚掃《かにもりのかみ》が昔の縁談で困ってるって話しただろ。あの件を希景がどうにかするって」

「ああ……はい」

以前、花見をしたさいに、紀緒が掃司に入ったわけを聞いたのだ。十年前、父親の上役がいきなり最悪の相手との縁談を持ちかけてきて、しかも強引に話を進めようとしたものだから、避難のため後宮で働き始めたのだという。そのとき一緒に話を聞いていた希景が、勝手な上役としつこい相手について調べると言っていた。

「何か、わかったんですか……？」

「らしいよ。で、俺に報告したいことがあるけど、できれば淡雪にも同席してほしいって。尚掃の主は后だから」

「……明日の昼間、ですよね？」

「そう。花見のときみたいに、ささっと来てくれれば。明日は雨も降らなそうだし。どうかな」

いまは和可久沙の目を気にする必要はない。行き帰りの、門から門のあいだだけ、念のために気をつければいいだろう。

「行きます。わたしも、あの話はどうなったのか、気になっていましたし……」

「じゃあ、昼過ぎに」

「紀緒さんも、来るんでしょうか」

「たぶん。ああ、尚掃には、淡雪を夜殿に連れてきてもらわないと」

「そうですね。わかりました。……それじゃ、そろそろ……」

「うん。寝ようか」

言うが早いか、腕の中に抱きこまれた。せっかく直した夜着の襟が、また崩れる。

もう、いつものことだ。明日の朝、掃司が来る前に体裁を整えておくしかない。

寝過ごさないようにしないといけないと思いながら、淡雪は目を閉じた。

「このたびは鳥丸和可久沙の尋問への御協力、感謝申し上げます」

希景が床に手をつき、淡雪に向かって深々と頭を下げる。

淡雪は花見のとき同様に、夜殿の廂《ひさし》に鳴矢と並んで座っていた。少し遅れて現れた希景は、挨拶のあと、まず淡雪に謝意を述べたのだ。

夜殿の廂から見える庭は、花見のときより庭木が青々として、橘の木は小さな実をつけていた。昨夜から雨は降っていないが、少し蒸している。

「お役に立てたなら何よりです。……でも、鳥丸の典侍は結局どうなるのですか？」

淡雪は鳴矢と希景を交互に見た。病と偽り続けるのも限界があるだろう。

「それなんだけど——」

鳴矢がだいぶ離れたところに腰を下ろしていた希景に、もう少し近くに来るように手招きする。希景は遠慮がちに、話のできる距離まで膝を進めた。

「典侍の話に嘘がないなら、本当に捕らえるべきは典侍より三実王だ。とは言え、王を務めた人物を捕らえるのは、現実には難しい。何より証拠になるのが割れた水差しだけじゃ、自分は何も知らないって言い張られたら、それまでだし」

「……そうですね」

「それ以前に、この件を公にすれば、唯一の証言者である鳥丸和可久沙が、口封じに殺されかねません」

希景の言葉に、淡雪ははっと息をのむ。

冬木を天羽の里に帰すために躊躇なく毒を使ったのだ。何もかもを知る和可久沙の存在など消してしまえばいいと三実が考えたとしても、おかしくはない。

「それでは、公には……」

「うん。しないつもり。ただ、これまでどおり典侍を続けさせるわけにもいかない」

鳴矢が眉根を寄せ、腕を組む。希景もうなずいた。

「鳥丸和可久沙に不正の疑いありという理由で、小野の典侍と掌侍二人を尋問してしまっています。三人には口止めしておきましたが、辞めて外に出てしまえばどこまで守られるかはわかりません。いずれ三実王の耳に入る可能性もあります」

「でも、小野の典侍たちには詳しいことは言っていないのでしょう?」

「重大な不正、としか。三人とも金銭的な不正だと思いこんだようでしたが」

「金銭的……?」

「後宮の金を盗んだとか、そういう感じに勘違いしたんだろうな」

首を傾げた淡雪に、鳴矢が補足する。

「ああ、それなら……。鳥丸の典侍には来客が多いと聞きましたから、何かとお金が入用だったのかもしれないと、小野の典侍たちも思ったのかもしれませんね」

実際には付け届けをもらうばかりで、和可久沙に出費はなかっただろうが、それは見ていないはずのことなので、淡雪はとぼけておいた。

「さすがに不正が王の命を狙うようなことだとは、考えが及ばなかったのでしょう。それ以外にも懸念があります。典侍のままでいさせた場合、烏丸和可久沙はこれまでどおり、三実王に従い続けるしかない状況に置かれます」

「……それは……つらいですね」

三実との主従関係を続けること、それはすなわち、今後も利用され続けるということだ。また危ない仕事をさせられるかもしれない。それがわかっていて、和可久沙はこれまでと同じ態度を三実相手に貫けるか。——無理に決まっている。

「烏丸の典侍は、自分の態度をうまくごまかせる人ではありません。できれば二度と三実王の前に姿を見せないほうがいいと思います。もし、顔を合わせるようなことになったら、本当に……」

態度の変化を見抜かれて、口封じをされてしまう。

背筋が寒くなり、淡雪は体を硬くする。鳴矢がそんな淡雪の背を、軽くさすった。

「殺させないよ。だから、希景と考えたんだ。烏丸の典侍を保護する方法」

「どんな……」

「辞めた三人の思いこみを利用することにしました」

　希景が少し、声を落とす。

「烏丸和可久沙は頻繁に中宮職に出入りしていました。これは事実です。ですから、そのさい后のための公金を横領し、それが発覚して捕らえられ、典侍の職を追われた──ということにします」

　不名誉な職の辞し方ではあるが、王殺しの嫌疑よりは横領のほうがましだろう。

「一度でも罪人の身となれば、三実王に仕え続けることはできない。烏丸和可久沙は至極当然の理由で、堂々と三実王の前から姿を消せます」

「けど、それで絶対安全とは限らないから、俺がよく行く寺でかくまってもらうことにする。あそこならにぎやかだし、尼僧もいるから、いざとなれば烏丸の典侍も尼のふりができる」

「都の中でかくまって、大丈夫でしょうか？」

「遠いと、かえって目が届かないからね。あそこはそもそも、わけありの僧が集まる場所だから、案外そういうところのほうが、烏丸の典侍も気楽でいいかもよ」

　かつて「わけあり」で僧の世話になった鳴矢が、声を立てて笑った。

　あの寺には親のない子供たちが大勢いる。故郷を出て、行く当てのない和可久沙が身を寄せるには、たしかにいいかもしれない。

だが――あと少し、何かが足りない気がする。

「……ひとつ、提案があります」

「何？」

「烏丸の典侍の罪状ですが、あの人の性分で横領は、無理があるように思いまして」

「無理がある？」

「典侍の仕事には誇りを持っていたようですから、自分の欲のために道を外れることはしないはずです。あの人がそこを踏み外すとしたら、三実王か、天羽の后に関することでしょう」

前者は畏怖の念から。後者はどうしようもない憎しみから。

「ですので、こういうのはいかがですか。――心やさしい王が、外に出られない后を気遣い、新しい簪を何本かあつらえた。ところが天羽の后を目の敵にしている烏丸の典侍が、そんな高価なものを天羽の女などに与える必要はないと判断し、后に渡さずすべて自分の手元に置いてしまった。後に贈ったはずの簪を后が一本も持っていないことを知った王が、簪を盗んだ罪で烏丸の典侍を捕らえた……」

「ああ、金じゃなくて、后の持ち物を盗んだことにするのか」

「たしかにそれなら、本人に盗んだ自覚はなくとも、状況としては窃盗です。天羽の后を嫌うあまり冷静さを失い、とうとう罪に問われることをしてしまったとなれば、いかにも鳥丸和可久沙らしい話になりますね」

鳴矢と希景が、うなずき合う。

「王がわたしに簪をあつらえてくださっているのは、本当の話ですし、これでしたら誰の耳に入っても、不自然ではないと思います」

五十歳目前で急に和可久沙が典侍を辞めれば、たとえ病を理由にしておいたとしても、後宮内で様々に憶測が飛び交うだろう。そんな中で、天羽の后嫌いが行き過ぎた結果だという噂がちらりとでも出れば、納得されるのではないだろうか。

「いいな。じゃあ、それでいこう。いいよな？　希景」

「王が個人的に外から持ちこんで贈ろうとした簪ということにすれば、中宮職に贈答の記録がなくても問題ないでしょう」

「よかったです。あと、もうひとつお願いが……」

「ん？」

お願い、という言葉に反応して、鳴矢がぐっと身を乗り出してきた。

「鳥丸の典侍は自分から辞めた、ということにできませんか？」

「ん？　……うーん……」

鳴矢がそのままの姿勢で首をひねる。淡雪は背筋を伸ばし、鳴矢と希景を見た。

「盗みの罪は、あくまで鳥丸の典侍を三実王から引き離す口実のためだけでいいはずです。鳥丸の典侍は三十年間、役目ひと筋に生きてきました。三実王に利用された、本来の罪はもちろんありますが、三十年の最後を、穏やかに終わらせてあげることはできないでしょうか」

「……温情ですか？」

希景が表情を、微かに険しくする。

「三十年を気の毒に思うだけで言っているのではありません。傷ついた典侍の誇りをそのまま放っておいては、あの人の心の持ちようが、悪いほうへ向かいかねない気がするのです」

自分の結婚がうまくいかなかった憤りを、やつあたりとわかっていながら、天羽の后に長年ぶつけ続けてきた和可久沙だ。追いつめすぎるのも危うい。

「……記録上、罪人ゆえ辞めさせるのではなく、自ら辞したことにすると……」

「記録に正確なことが書けないのは、浮家としては嫌か？」

考えこむ希景に、鳴矢が苦笑しつつ訊くと、希景は首を横に振った。

「いえ。公的な記録は、案外当たり障りのないことを書いておくものです。必ずしも事実すべてが記されているわけでもない。……わかりました。そもそも最初の尋問のさいに、王から自主的な退職をうながしています」

「ああ、そういえばそうだった。何だっけ、俺の御世の汚点になるとか何とか？」

らしくないことを言ったと、鳴矢が笑う。希景の顔から、ふと険しさが消えた。

「……そうですね。鳥丸和可久沙には、恩を売っておくほうが得策かもしれない」

「ん？　何て？」

独り言のような希景のつぶやきに、鳴矢が訊き返す。

「鳥丸和可久沙は、おそらく人に仕えるのを好む性分でしょう。私もそうです。人を束ね、率いるより、誰かの手足となって働くほうが性に合う。鳥丸和可久沙の主は、これまで三実王でした。その主を失ったいま、あの者には新しい主が必要です」

「え、そうかぁ？　主なんかいないほうが気楽なんじゃ……」

「主とは、言わば己の寄る辺です。寄る辺があれば、人は安心するものです」

たしかに和可久沙は、三実しか頼る者がいないから従ってきたのだ。三実の強さを恐れながら、頼りにもしてきた。

「……鳥丸の典侍、故郷には帰れず、都に身寄りもいないそうです。主となる人に、自分を守る役割を求めているのかもしれませんね」

現実には、三実は和可久沙を守るような、心ある主ではなかったわけだが。

すると希景が、鳴矢と淡雪をじっと見すえて言った。

「では、王と后は、ぜひ鳥丸和可久沙に、新たな主は自分だと認識させてください」

「俺？」

「え、わたしもですか？」

「お二人ともに、です。現に鳥丸和可久沙は、后に心を開いております。さらに王が温情をかけ懐柔すれば、三実王の手の内をよく知る者が、今度はこちらの忠実な配下となります。こちら側に取りこんでおいて損はありません」

「……」

希景の熱弁に、淡雪と鳴矢は顔を見合わせる。

「まぁ、俺はともかく……淡雪にはもう懐いてるよな、あの典侍」

「懐いているという言い方には語弊があると思いますが……」

あの三日間で、こちらへの印象はだいぶ変わっただろう。

「立場上、わたしにできることはあまりないでしょう。でも、今後何かあれば、文のやり取りで話を聞くくらいはできます。鳥丸の典侍も、女のわたしのほうが話しやすいこともあるでしょうから」

「俺のほうは、それじゃ、典侍の身の安全を保障するってことでいいのかな。それで主だと思ってもらえるかどうかはわからないけど」

「それでよろしいかと。——では、鳥丸和可久沙の処遇はこれで決定ということで」

「そうだな。……けど、今日の本題は別のことだよな？　尚掃、どこ行ったんだ？」

鳴矢はそう言いながら、あたりを見まわす。

「香野さんは典侍がいないぶんの仕事があるので、紀緒さんたちが膳司に菓子を取りにいってくれているんです。そろそろ戻ると思いますよ」

「あー……そうなんだよなぁ、典侍の補充のことも考えないと」

「典侍と掌侍の後任については、典侍のほうは、烏丸和可久沙に心当たりがいるようです。罪人からの推挙もどうかと思いますが、参考程度に話だけは聞いてみてもいいかもしれません」

「……あ、そうなんだ？」

頭を抱えていた鳴矢は、希景の言葉に顔を上げ、それから淡雪に目を向けた。

「女官は……淡雪のが詳しいかな」

「詳しくはありませんが、烏丸の典侍から話を聞くお手伝いはしましょう」

「では、その件についてはまた後ほど。──来たようです」

希景が視線をめぐらせた先を見ると、紀緒、伊古奈、沙阿の三人がそれぞれ菓子や白湯を載せた膳を持って、廊を渡ってきたところだった。

「お待たせしました……」

夜殿の廂に上がってくると、三人は手際よく菓子の皿や白湯の椀《わん》を並べていく。

「ありがとう。三人とも座って」

「あっ、はい」

「あたしたちはお話の邪魔にならないように、こっちにいますので」

今日は花見ではなく希景の報告を聞くために来ているのだと、伊古奈と沙阿も承知していた。典掃《かにもりのすけ》の二人は自分たちのぶんの菓子と白湯をしっかり確保し、少し離れて廂の奥のほうに座る。

「紀緒さんは、こっちでいいわね？」

「あ……はい」

淡雪が自分の隣りを手で示すと、紀緒はちらりと希景をうかがって、淡雪と希景のちょうど真ん中あたりに腰を下ろした。

今日の菓子は松の実と小豆入りの餅だ。和可久沙が捕らえられて以降は、無茶な量の菓子が届くことはなくなったという。

「で——尚掃のひどい縁談相手のことで、話があるんだったよな？」

鳴矢が早速、小豆餅を口に運びながら希景に尋ねる。

「はい。調べたところ、少々不可解な点が出てきましたので」

「不可解？」

鳴矢は首を傾げたが、淡雪は紀緒が緊張気味にうつむいているのが気になった。

「……紀緒さんは、先に蔵人頭から話を聞いているの？」

淡雪が小声で訊くと、紀緒は小さくうなずく。

「希景様とは、何度かお目にかかっていますので……」

「あれ、そうなんだ？　俺、希景と尚掃の取り次ぎ、一回しかやらなかったけど」

こちらの会話もしっかり聞いていた鳴矢が言うと、希景が軽く咳払いした。

「何度も王を連絡役にするのもどうかと思いましたので、紀緒さんの休みの日に報告をするように決めていました」

「ああ、なるほど」

希景と鳴矢のやり取りのあいだも、紀緒は菓子に手をつけることなく、下を向いたまま、しきりに瞬きをしている。紀緒にしては珍しく、どこか落ち着かない様子だ。

「十年前に紀緒さんに求婚したというのが芝原悦久《しばはらよしひさ》という男で、現在四十二歳です」

「芝原家って、豪族だよな」

「そうです。小澄家に縁のある豪族です」

答えてから、希景は白湯の椀を手に取ってひと口飲む。

「……豪族としての家格はそれほど高くありませんが、それなりに由緒ある家です。主に中務省《なかつかさしょう》や大蔵省《おおくらしょう》に勤める役人を多く出しています。ですので、この悦久も十八歳になると、中務省に配属されました」

最初の三年ほどは何も問題なく、真面目に勤務していたという。ところがあるとき大酒して寝過ごし、勤務に遅れてきたのをきっかけに、次第に素行や態度が悪くなっていった。招かれた宴で無礼をする、仕事中にこっそり酒を飲む、等々――

「一年ほどでとうとう中務省での任を解かれ、大舎人寮《おおとねりりょう》に異動になりました。しかしそれでも素行は改まらず、二十五歳のときに図書寮《ずしょりょう》、二十八歳で内匠寮《たくみりょう》、三十一歳で内蔵寮《くらりょう》、三十九歳から現在までは陰陽寮《おんようりょう》と、六位のまま昇格もせず、中務省に属する職場を転々としています」

「……よく仕事辞めさせられてないな？」

「まがりなりにも豪族であることと、何故か仕事上はほとんど問題を起こさないのだそうです。取り組む態度は不真面目で進め方も遅いわりに、失敗はないと」

「それは……逆に面倒だな……」

　仕事にも難があるというなら、むしろ辞めさせやすいのだろうが、結果はきちんと出しているのであれば、そこを理由に職を辞せとは言いにくい。たしかに面倒だ。

「いまも陰陽権助《おんようのごんのすけ》として――仕事に問題はなくとも素行は悪いので、どこに行っても権官にしか任じられないそうですが、暦作りを手伝ったり、宮城内にかけた『術』の見まわりをしたりと、それなりに働いてはいるのだとか」

「でも素行は悪いままなのか」

「最近は職場ではあまり飲んでいないようですが、居眠りは多いようです」

　希景は白湯を口に運び、椀を置いて、一瞬だけ紀緒を見た。

「素行不良の中には、女癖の悪さも含まれていたわけですが――」

「ああ……うん」

「こちらも妙な話でした」

真面目に役人をやっていた三年ほどのあいだは、浮いた話は何もなかったという。

だが素行が悪くなってきたあたりで、女問題も噂されてきた。

周囲の人々がまず目にしたのは、招かれた宴で給仕をしていた侍女たちへの下品な言動だった。そのときは周りがたしなめ、酒が入ると悪くなるようだと思われたが、そのうち素面《しらふ》のときでも、父の職場に弁当を届けにきた若い娘に卑猥《ひわい》な言葉をかけたり、同僚と出かけたときに街中で女を追いかけようとしたりと、とんでもない行状が目撃されるようになったのだ。

同じ職場の者たちは、なるべく身内の娘を悦久に近づけないよう気をつけ、宴にも招待しないようにしていた。つまり、並の親なら身内の娘を悦久に嫁がせることなど考えなかったわけだが――中には豪族と縁続きになることを望む者もいた。

「図書寮と内蔵寮に、大戸浜雄《おおとはまお》、大戸滝雄《たきお》という兄弟がいました。大戸家は古くから役人の家で、いまも中務省配下の役所で何人か働いています。皆いたって真面目ですが、あいにくこの浜雄と滝雄の兄弟は、仕事はできても少々品性に難がありまして」

「芝原悦久と似てるな」

「似ていたがために、悦久の素行を問題とは思わなかったのでしょう。豪族と親密になるほうを望んだようです」

悦久が図書寮に図書権助《ずしょのごんのすけ》として配属されたとき、図書助《ずしょのすけ》だったのが兄の大戸浜雄だった。浜雄はそのときすでに齢五十近く、娘たちはすべて嫁いでいたため、悦久に縁づかせる適当な娘がいなかった。それでも芝原家に恩を売って懇意になろうと考えた浜雄は、悦久と気の弱い下役の娘との縁談を勝手にまとめてしまった。無論、下役は何とか断ろうとしたが、とうとう浜雄に押しきられたという。

ところがそれまで縁談に乗り気だった悦久は、あろうことか婚礼の直後、やっぱりまだ結婚したくないと言い出し、娘をひと晩も婚家に置くことなく実家に帰してしまった。下役と娘はその気まぐれに内心感謝して離縁に同意したが、浜雄は自分を棚に上げて、さすがに勝手がすぎると腹を立て、悦久を内匠寮に異動させた。

同じころ、内蔵寮から図書寮に異動したのが紀緒の父、竹葉浄直《たけばきよなお》だった。浄直は内蔵寮で浜雄の弟、滝雄の下役として働いていたが、滝雄は前々から生真面目で清廉な浄直を疎んじており、浜雄が五十で職を辞したら図書助の後任にしてやると言って、兄に頼んで図書寮に追いやったのだ。

どうやらそのころ滝雄には、内蔵寮で扱っている諸国からの進物を私的に流用していた疑惑があり、浄直に証拠を摑まれかけ、あわてて無理な異動をさせたのではないかという噂があったが、その点は結局うやむやになってしまったらしい。金品を扱う役所では、この手の話は珍しくなかった。

その後、内匠寮でも素行が問題となった悦久は、滝雄が内蔵助《くらのすけ》を務める内蔵寮に移ってきた。浜雄のように芝原家と懇意になりたいというより、たんに品性の良くない同士ということで悦久に親近感を持った滝雄は、こちらはただのお節介で、兄がまとめられなかった縁談を自分が世話してやろうと思い立ち、こちらも滝雄自身には娘がいなかったため、内蔵寮の下役の娘との縁談を取り持った。もちろんここでも勝手に縁談をまとめられた下役は抗議したが、滝雄は聞く耳持たず、悦久も今度は妻となった娘を家に迎え入れた。

だが成立したかに見えた結婚は、三日も経たないうちに娘が実家に戻され離縁となったことで終わった。どういうわけか、娘が家にいるあいだ、悦久は一度も帰宅しなかったらしい。ここでも実質的には結婚していない状態だったわけである。

滝雄も顔に泥を塗られたかたちになったわけだが、滝雄は兄のように腹を立てなかった。その娘が気に入らなかったのなら別の娘にしよう、もっと若いのがいいだろうと、悦久を連れて、かつての下役の家に押しかけた。――紀緒の家である。

「……芝原悦久の二度の結婚の相手は、離縁のあと、どちらも急いで別の相手を見つけ、嫁いでいったそうです。いまでは幸せに暮らしているようで、この強引で奇妙な結婚のことは、どちらもあまり口外しないようにしていたとか」

「まぁ……なかったことにしたいよな。実際、なかったも同然なんだし」

「そうですね。それで、紀緒さんのお父君も知らなかった。これらの二度の結婚が、二度ともに即離縁とわかっていたら、紀緒さんのお父君も、ここまで必死に、時間をかけてでも、娘を逃がそうとしたかはわかりませんが……とにかく結果として、紀緒さんは十年間、婚約状態のまま置かれることになりました」

「いや、でも……知ってても、逃がすと思うぞ。三度目も同じとは限らないし」

鳴矢は松の実を嚙みながら、眉間を皺めて言った。

たしかに、芝原悦久が今度こそ相手を気に入ってしまう可能性もあると考えれば、やはり娘は逃がすしかない。

「ええ。私も紀緒さんのお父君の立場なら、不確実な離縁より、確実な破談を目指します。……とはいえ、芝原悦久に本当に結婚する気があるのか、そこは疑問です」

「それは……疑問だよな。うん」

鳴矢は渋面で同意したが、淡雪はまだうつむいている紀緒を気にしつつ尋ねる。

「……あの、ですが、いまだに破談になっていないのですよね……？」

「なっていませんね。大戸滝雄も三年前に五十で退官しましたが、この十年ずっと、悦久に新しい縁談を勧めつつ、紀緒さんのお父君をせっついているそうですから」

滝雄は退官後も月に数度は竹葉家に顔を出し、帰らない娘への嫌みの言葉を吐いていくのだという。竹葉家ではそのつど、もういいかげんにあきらめたらどうかと言い返しているが、相変わらず滝雄は家に来るし、悦久もいまだにたびたび竹葉家の前を通り、塀越しに無言で家を覗くのだそうだ。その不気味な行動は、中務省配下の役人たちのあいだで広く知られているらしい。

「このままでは、何年経っても状況は変わりません」

「だろうな……」

「そこで、紀緒さんの側の状況を変えることにしました」

希景はぐっと顎を引き、いつにもまして真剣な面持ちで告げた。

「竹葉家が以前より破談を要求しているのに、相手が聞き入れないのは、芝原悦久が豪族であるがゆえです。大戸滝雄もことあるごとに、豪族に嫁げるなどありがたいと思え、逆らうのは許されないと口にしていたそうですので、そこを逆手に取ります」

「……つまり？」

「紀緒さんに、芝原家より格上の相手との縁談があればいいのです」

「ああ――」

なるほど、と鳴矢が膝を打つ。淡雪も思わず、大きくうなずいた。

「それならたしかに、おまえよりいい相手がいるんだから引っこめって言えるな」

「そもそも紀緒さんのお家では、ずっと縁組みを断っているんですから、別の縁談があっても構わないのですよね」

　勝手に婚約したつもりでいる相手に、義理立てすることはない。

「それ、名案だけどさ、希景。芝原家より上っていうと、八家、っていうか、まぁ、都の七家か、もしくは七家にかなり近い豪族じゃないと、だめなんじゃないか？」

「そうですね」

「七家だと、相手決まるのまあまあ早いんじゃないか？」

「実際に結婚まで至らなくてもいいのです。婚約という状態さえ作れれば、芝原悦久のほうは破談にできます」

　それは、縁組みをするふりだけでもいいということだろう。だが、それほどの家格で、庶民の娘一人を救うためだけに、話に乗ってくれる家などあるだろうか。

「婚約までででも、七家や豪族には結構大ごとだろ。当てはあるのか？」

　同じことを考えたようで、鳴矢が首をひねった。

「います。都合よく」

「え、どこの誰？」

「私です」

　希景が——今度はどこか得意げに、顎を上げる。

「……あー……そっか、希景、結婚してないんだっけ……」

鳴矢は大きく目を見開き、もう一度膝を打った。

「浮家を継ぐのは私の末弟で、私は跡取りではありませんので、結婚については好きにしていいと親に言われています。いまのところ相手もいません。あと数年で末弟が十八歳になれば私は豪族に下りますが、それまでは浮を名乗れます。芝原家より格上です」

「豪族になっても芝原よりかなり格上だろ……。え、じゃあ、希景が尚掃と？」

紀緒を見ると、うつむいたその顔は真っ赤になっている。ずっと緊張した様子だったのは、この話題になるとわかっていたからか。

少し離れて座っている伊古奈と沙阿も、これは初耳だったようで、小豆餅を頰張りながら顔を見合わせ、しきりに肘で小突き合っている。

「もちろん、あくまで芝原悦久のほうを破談にするまでの仮の婚約です。紀緒さんの人生を縛るものではありません」

念押しするように言って、希景はあらためて姿勢を正した。

「今日、后にも御同席いただいたのは、より確実に破談に持ちこむため、紀緒さんの主である后の同意を得ておきたかったからです。この浮家と竹葉家の縁組みには王と后の後押しがあり、豪族といえども他家の介入は許されないと、宣言できるように」

「……それは、もちろん」

希景の強い口調に少々気圧《けお》されつつも、淡雪ははっきりうなずく。

「紀緒さんのためなら、できることは何でも協力します。ただ、わたしが……天羽の后が、そこまでの後ろ盾になり得るかどうか……」

「后の名を出すことをお許しいただけるだけで結構です。ようは、利用できるものは何でも利用したいのです。有り体に言ってしまえば」

「なぁ、希景――」

鳴矢が少し身を乗り出し、探るような目で希景を見た。

「俺も淡雪も、尚掃にはいつも世話になってるし、協力は惜しまないよ。けど、そこまで気にしなきゃいけない相手か？　浮家の名前だけで充分足りると思うけど」

「芝原悦久が、真に芝原家の血筋であれば、私もここまで警戒しません」

「……芝原家の生まれじゃないの？」

「繁家です」

鳴矢が息をのむ気配がする。淡雪も声を上げそうになり、手で口を覆った。

ここでまた、繁家の名を聞くとは。

「少々ややこしい話になりますが、繁家の先代家長、繁広実には、三人の男子がいました。しかし本来の跡取りである長男は幼くして事故で亡くなり、次男の悦実《よしざね》も

十六、七歳ごろに落馬の事故で体を不自由にし、結局跡を継いだのは三男で現在の左大臣、繁武実です。芝原悦久の実の父は、どうやら次男の悦実のようでして」

「……悦久の悦は、悦実の悦か」

「そういうことです。悦実は落馬事故の以前、気に入りの侍女に手をつけて子を生ませたものの、その侍女は産後の肥立ちが悪く亡くなってしまったようで、子供は芝原家が引き取って養子にしました。その子が悦久です」

「何で芝原家なんだ？　芝原家は小澄家に近い豪族だろ？」

「どういうつながりがあるのか、そこはわからなかったのですが」

「……つながりは、あるはずです」

淡雪が抑えた声で言った。

繁広実、小澄——それらの名は、つい最近耳にしている。

「鳥丸の典侍から聞きました。三十年前、まだ典侍になる前、繁家の侍女をしていたとき、家長の妻の身のまわりの世話をしていたと……。そのときの家長が繁広実で、家長の妻が、小澄……そう、小澄初雁という名でした」

「ああ、母親の実家の縁か」

あのときの和可久沙の話は、繁三実とその兄嫁である小澄初雁の、不貞を匂わせていた。繁家の現在の内情は知らないが、どことなく影が付きまとう家だ。

「なるほど。でしたら母親の侍女か、あるいは乳母か……そのあたりに芝原家の者がいたのかもしれません。何しろ悦久が養子ということはすぐに知れたのですが、念のため実の親を調べようと思いましたら、かなり骨が折れまして」

よほど苦労したのか、希景が軽く息をつく。それまで黙っていた紀緒が、下を向いたままさらに頭を下げた。

「本当に、お手数をおかけしてしまって……」

「ああ、いえ。浮家ではどんな些細《ささい》な噂でも記録しておくよう、一族で心がけているのですが、この件に関しては、どれほど洗っても、何も出てきませんでした。廃嫡になった七家の男子に隠し子がいたとなれば、少しぐらい人の口に上ってもよさそうなものですが、芝原家はずいぶん口が堅いようでして。骨が折れたのは、少しでも口を緩めてくれる者を見つけることだけでしたね。見つけてしまえば、あとはどうとでもなります」

希景は涼しい顔をしているが、ここまでの事情をしゃべらせるのに、いったい何をどうしたのか。気になるが、聞かないほうがいいような気もしてくる。鳴矢も淡雪と顔を見合わせ、首をすくめていた。

「芝原家が悦久の素性について口を閉ざしている以上、繁家の血筋を盾に縁談の継続を要求してくることもないでしょうが、万が一のために、王と后の御助力をいただこうと考えた次第です」

「……わかった」

うなずいて、鳴矢は希景と紀緒を交互に見る。淡雪も我知らず強張っていた肩からようやく力を抜いた。

「とにかくよかったよ。これで尚掃も、安心して休みの日に家に帰れるな」

「はい。希景様には何とお礼を申し上げてよいか……」

「私としては、十年ものあいだ竹葉家に迷惑をかけ続けた芝原悦久と大戸滝雄には、何かしら意趣返しのひとつもしてやりたいのですが、破談にさえなればそれで充分だと、竹葉家に言われまして」

滝雄が退官前なら進物の流用疑惑を徹底的に調べてやったのにと、希景はいまいましげにつぶやいている。

「まぁ、十年どうにもできなかった問題が解決するんだから、それが一番だろ」

「そうですね。紀緒さんの心配ごとがなくなるのが何よりです」

言いながら紀緒に目を向けると、紀緒も話がすんで落ち着いたのか、ようやく白湯に口をつけていた。ただ、その顔はまだ少し赤い。

希景はそんな紀緒を横目に見て、きっぱりと告げた。

「なるべく早く、浮家から正式に芝原家へ通達します。——二度と紀緒さんに不快な思いはさせませんせん」

「話を聞いてから、ひと月ちょっとくらいしか経っていないでしょう。短いあいだによくあそこまで調べたわね、蔵人頭」

夕方、冬殿に戻り湯浴みをすませ、伊古奈と沙阿が膳司から夕餉の膳を運んでくるのを待つあいだ、淡雪は部屋で紀緒と二人になっていた。

紀緒は淡雪の髪に櫛を入れながら、しみじみとした口調で同意する。

「ええ、本当に……。お忙しいでしょうに、わざわざわたくしの家にまで足を運んでくださったそうです。父が恐縮しておりました」

「そういえば、烏丸の典侍の件も同時に調べていらしたのよね。頼りになる人だわ」

「はい。あれほど大変なことが起きていたのですから、わたくしのことなど後まわしでよかったでしょうに……」

紀緒の声には申し訳なさだけでなく、どことなくうれしそうな響きも含まれていたように聞こえて、淡雪は紀緒を振り返った。

「ねぇ、婚約のふりって、いつまで？」

「えっ？」

櫛を持ったまま、紀緒が目を瞬かせる。

「いつまで……というのでしたら、芝原家に伝えるまでだと思いますが」

「でも、十年待たされた先方が、納得しなかったら？」

「……そのときは、納得してくださるまで、でしょうか？」

途惑っている紀緒に、淡雪は小さく笑った。

「ごめんなさいね。ちょっともったいないと思ってしまったの。ふりですませてしまうのが」

「……は、はい？」

「だって、名前で呼び合ったりして、結構親密になっていたように見えたから」

尚掃と蔵人頭ではなく、希景は紀緒さんと呼び、紀緒は希景様と呼んでいた。仕事に真面目な二人が、役職ではなく名前で互いを呼んでいたのは意外だったし、どこか微笑ましくもあったのだが。

「お、后――」

紀緒はあわてて、櫛を持っていないほうの手を大きく振る。

「あれは、あの、名前で呼ぶようにしておくほうが、婚約しているように見えるだろうからと、希景様が」

「あら、蔵人頭の提案なのね」

芝原悦久にさえ婚約の話が伝わればいいのだから、何もそこまで細かく「ふり」を設定する必要はないだろうに。

……案外、蔵人頭が策士だったのかも。

淡雪の目から見ても紀緒は美しく、気立てのよさは言うまでもない。十年も勝手な縁組みにしばられていなければ、縁談はひきもきらなかったのではないか。

紀緒はこれから自由に縁談を受けられる身だ。だがその前に、わざわざ竹葉家にも礼をつくした「婚約のふり」がある。しかも相手は貴族。これは本当の婚約と同等の重みがあるかもしれない「ふり」ではないか。

希景がそこまで考えて、「ふり」の相手として名乗りを上げていたとしたら。

「……でも、一番大事なのは、紀緒さんの気持ちよね」

「え？　何ですか？」

「晴れて破談になって、これで紀緒さんもあらためてお相手を見つけられるのよね、って思って」

「それは……」

紀緒は苦笑して、首を横に振る。

「考えておりません。ようやくあの縁談から解放されるのですから、当分はこの心の軽さを味わいたいです」

「あら」

「それに、ふりでも希景様に婚約させてしまったわけですから……。せめて希景様がお相手を見つけて御結婚されるまでは、わたくしも他の方との縁談はお断りしようと思います」

紀緒がにっこり笑ったのと同時に、伊古奈と沙阿が戻ってきた。

「お待たせしましたー。すぐ支度しますので……」

「今日は鮎《あゆ》でしたよ、鮎！」

そのまま夕餉になってしまったため、淡雪は紀緒に訊き損ねた。——希景がずっと結婚しなかったらどうするつもりなのか、と。


「結婚しないだろうなぁ、希景は……」

「えっ」

淡雪と並んで寝台に座り、鳴矢は腕を組んで首を傾げた。この夜も鳴矢は、いつもどおり冬殿を訪れている。

「いや、もともと色恋の話は理解できないって言ってたぐらいだったし」

「蔵人頭が？」

「前にね。……ただ、いまも同じとは限らないけど」

　鳴矢は淡雪のほうに体を傾け、他に誰が聞いているわけでもないが、声をひそめた。

「俺の見立てでは、希景、尚掃に惚《ほ》れてると思う」

「……やっぱりそうなんですか？」

「淡雪もそう思った？」

「ただの親切で許婚のふりを買って出ただけなら、人前で紀緒さんを名前で呼んだりしないのではないかと……。近くに芝原家の人がいるならともかく、王の前では役職で呼ぶはずです」

「あれなぁ、たぶん希景は自覚ないだろうけど、浮かれてたんじゃないかと思うよ。俺だって人前でもどこでも、堂々と淡雪って呼びたいから、気持ちはわかる」

「……わたし最近、誰かの前でうっかりあなたの名前を呼びそうになって、ひやひやします」

「呼んじゃえばいいのに」

「けしかけないで。蔵人頭が紀緒さんの名前を呼ぶのとは、わけが違います」

「はは……ままならない立場だよな、俺たち」

　鳴矢は笑いながら片膝を抱え、その膝頭に顎をのせる。

「けど、希景がいままで色恋に疎かったなら、これからがちょっと心配なんだよな。

「……案外、許婚のふりで満足しちゃったりして」

「それでは困ります。紀緒さんが中途半端なままです」

淡雪は口を尖らせて、鳴矢の顔を覗きこんだ。

「わたし、蔵人頭は、紀緒さんに他の人と結婚してほしくなくて、まず自分が許婚になろうと考えたんじゃないかと思ったんですけど」

「希景がそこまで計画立ててあの件を片付けようとしてたんなら、これから先を心配する必要もないだろうけど……」

「紀緒さんの気持ちが追いついていないうちはだめですよ？　蔵人頭が先走りそうになったら、ちゃんと止めてくださいね？」

「え、俺が止めるの？　希景に恨まれそうで怖いな」

「邪魔をしろとは言っていません。紀緒さんだって、蔵人頭のことは気になっているみたいですから、見守っていてください、ということです」

袖を引きながら言うと、鳴矢は淡雪の片頰を指先でつつく。

「わかった。希景がもたもたしてたら背中押す。突っ走りそうだったら、一緒に走りながら見守る」

「落ち着かせる、でしょう。そこは」

「だって俺も突っ走るほうだから」

「……そうでした」

鳴矢が突っ走っていなければ、こういう状況にはなっていない。

淡雪はわざとらしいため息をついてみせ、寝台に足を上げた。

「でも、紀緒さんは賢い人ですから、相手が突っ走っても、わたしのように丸めこまれたりはしないでしょうし……」

「あれー？　淡雪は丸めこまれたんだ？」

すかさず背後から伸びてきた腕に抱きかかえられ、そのまま一緒に寝台へ倒れこむ。

肩や背中に、心地よい重みがかかった。

「……広い意味では、丸めこまれたと言えなくはないでしょう？」

「せめてほだされたって言ってほしいなー……」

微かな笑いが、耳に伝わる。

「淡雪がそんなこと言うから、まだ話すことあったのに、もう『火』を消して、暗くしたくなる……」

「え。どんな話ですか？」

「さっき次の典侍のことで、鳥丸の典侍からいろいろ聞いてきたんだけど……明日でいい？」

「だめです」

自分をしっかりと収めている腕を、淡雪は二度、強めに叩いた。鳴矢が残念そうな声を上げる。

「えー……何でここで丸めこまれてくれないの……」

「言いかけて止めるからです。気になって落ち着きません」

「それも困る。……今日、淡雪たちが帰ったあと、内侍司に行ったんだよ。見てないよね？」

話しながら、鳴矢は一度、腕を解いた。淡雪は体の向きを変え、鳴矢と向かい合うように横になり、鳴矢の腕を枕にする。

「今日は湯殿番の兵司の子が早く来たので、帰ってすぐ湯浴みに行きましたから」

「俺は逆に、湯浴みが遅くなったな。昼間の話で、そういえば次の典侍を決めないといけないんだって思い出して内侍司に行ったんだけど、意外とこみ入った話だった」

「鳥丸の典侍は、誰を推挙するつもりだったのでしょう？」

こちらは淡雪の枕を使って寝ている鳴矢の、顔にかかった髪をそっと払いのけると、鳴矢は空いているほうの腕で、淡雪を緩く抱き寄せた。

「一番の候補は、やっぱり小野の典侍だったって。ただ、小野の典侍はそそっかしいところがあるし、そのうち結婚で辞めるだろうから、指名してもそれほど長くはやらないだろうと思ってたみたいだ」

「結局、鳥丸の典侍より先に辞めてしまいましたしね……」

「だから二番目の候補はいないのか訊いたら、いるにはいるけど、七家の姫だから、難しいかもしれないって」

「……えぇ？」

淡雪は思わず、上体を起こしかける。

「後宮で働いている七家の姫は、いないですよね？」

「いないと思う。七家に生まれた女子は、普通は十八歳になるまでに、親に結婚相手決められちゃうし。昔はわからないけど、いまどき結婚前に働くこともないだろうし」

「どの家の方なんです？」

「左大臣繁武実の娘、夏麻《なつそ》姫。今年二十二歳」

「繁……」

考えてみれば、和可久沙の推挙だ。繁家しかないだろう。

「二十二で、御結婚は……」

「本人が拒みに拒みぬいて、どんな縁談も成立しないんだってさ」

それは、結婚したくないという強い意志を持っている――ということか。

淡雪は再び鳴矢の腕枕に頭をのせる。

「その……縁談を拒み続けている夏麻姫なら、典侍を引き受けてくれるかもしれないと、鳥丸の典侍は考えたのでしょうか」

「いや、夏麻姫のほうが、鳥丸の典侍に頼んだらしい。自分を後釜にしてくれって」

打診があったのは五、六年前だというが、和可久沙は当然、断ったそうだ。何しろ繁家の家長の娘である。いくら本人が結婚を嫌がったとしても、親が相手を決めてしまうに違いないと。

「けど、繁の左大臣は、娘にちょっと弱みがあったらしい」

繁武実の妻は、同じ七家の玉富家から嫁いだ女人で、夏麻と、その弟であり武実の跡取りとなる男子を生んだ。だが夏麻が七歳、弟が五歳のとき、武実の妻は急死してしまった。まだ二十六歳。病の兆候もなく、本当に突然だったため、実家である玉富家のほうでも、いったい何があったのかと騒いだほどだったという。

ところが武実は、まだ妻の喪も明けないうちに、繁家で侍女をしていた小日森須依《こひもりすえ》という、馬頭国の豪族の娘を後妻に迎えてしまった。ちなみにこの須依が後に生んだ息子が、次の王に内定している繁銀天麿だ。

武実の再婚そのものに問題はないが、時期は早すぎた。特に玉富家は喪中の再婚を非難したが、武実はひたすら無視を貫いたそうだ。

「合議とかでもさ、玉富と繁、なーんか仲悪いんだよ。これが原因だったんだな」

「それは腹も立つでしょう……。お子たちも気の毒です」

「そう。跡取りの弟はまだ小さかったし、後妻にちゃほやされて、わりとなじんじゃったらしいけど、母君が大好きだった夏麻姫は、そうはいかなかったって」

夏麻は後妻の須依はもちろん、父親も毛嫌いするようになり、須依も跡取り息子は大事にするが、夏麻とはまったく歩み寄る努力をせず、それどころか、娘などいないものとして扱った。運悪く夏麻は、乳母も十二、三歳ごろに亡くしてしまい、さらに繁家に大きな影響力を持つ三実までもが、どうせ女子はいずれ他家へ嫁ぐものだと、夏麻に関心を持たなかったため、夏麻は繁家で完全に孤立していたという。

「玉富家でも心配して夏麻姫を引き取ろうとしたみたいだけど、まぁ、後妻と不仲な先妻の娘を追い出したっていうのは、さすがに外聞が悪いと思ったんだろうな。繁家が承知しなかったって」

「何て勝手な……」

淡雪は思いきり顔をしかめて、鳴矢の胸に拳を押しあてる。

「夏麻姫もそんな家にいるより、早くどこかへ嫁いでしまったほうが、よかったかもしれないのに……」

「縁談は結構あったらしいんだよ。けど、話が進みそうになるたびに夏麻姫が、私は妻の喪中に侍女を後妻にするような不埒《ふらち》な男の娘です、結婚など神がお許しになりません、って言い張るもんだから、相手も気が引けて、結局お流れになるらしい」

ただし——と言って、鳴矢は淡雪の耳元で声をひそめた。

「表向きそう言ってるだけで、実は夏麻姫、想い人《おもびと》がいるんだってさ」

「あら」

「鳥丸の典侍も、その想い人が誰なのかは知らないらしいけど、本人曰く、想い人のことは、繁家に絶対知られたらいけないいんだと」

「……何か、わけがあるんですね」

「だろうね。知られたらいけないなら、結婚もできない。だからせめて結婚させられなくてすむように、後宮で働きたいって、鳥丸の典侍は打ち明けられたって」

それは和可久沙も困っただろう。ここで鳴矢に事情を話したということは、夏麻に同情する気持ちがあり、できれば希望に添うようにしてあげたいのだろうが——何せ主家の娘だ。

「繁家の方というのがちょっと引っかかりますけれど、いまの話が本当なら、むしろ繁家に反目しているということですし……わたしは、御本人がよければ典侍をお願いしてもいいと思いますが……」

「俺もちょっと面白いかもしれないと思ったけど、まずは話どおりの事情かどうか、一応は確かめなきゃいけないからな。明日、希景にも相談するよ」

「そうですね……」

希景に調べてもらうなら、確実だ。できればこちらからも、和可久沙の意見をもう少し聞いておきたいが――

そんなことを考えていると、突然あたりが暗くなった。

「えっ？　……あ、『火』、消したんですか？」

「話、終わったから」

「ええ。……って」

つまり、あとは鳴矢が好きにする時間だ。

首筋に唇が寄せられた気配がして、淡雪は目を閉じた。


五月の神事が行われる巽の社は、八ノ京《はちのきよう》の東南の端にある。

乾《いぬい》の社、艮の社は後宮から徒歩で行けたが、巽の社と坤《ひつじさる》の社へ行くためには、都を北から南へほぼ縦断しなければならなかった。

白い巫女服に薄紫の領巾を肩に掛けた淡雪は、香野とともに牛車に乗り、辰《たつ》の刻に後宮を出た。鳴矢もほぼ同刻に出発するそうだが、こちらは牛車ではなく人が担ぐ輿《こし》でいくのだという。聞けば、巽の社と坤の社での神事のときだけ、何十人かの行列が組まれるらしい。もっとも後宮内から牛車に乗せられた淡雪には、どんな行列なのかはわからなかった。

「……この車、すごく揺れますね……」

淡雪の向かいに膝を抱えてうずくまるようにして同乗している香野は、さっきからぐったりした顔をしている。

「そうね。道が悪いのかしら。それとも車輪に問題があるのかも……」

「后、大丈夫ですか？　酔ったりしていません？」

訊いた香野が、おそらく酔っているのだろう。淡雪はそれほど気分が悪いわけではなかったが、胸を押さえて苦笑してみせる。

「実は、ちょっと……。目を閉じていていいかしら。この角の柱に寄りかかったら、少しは楽かもしれないから」

「ええ、そうしてください」

どうぞどうぞと言った香野のほうが、先に目をつぶってしまった。

本当に酔っている香野には申し訳ないが、これで力を使っていても不自然ではない。

淡雪は柱に寄りかかって目を閉じ、『目』を開ける。

外に飛び、ようやく行列の全体を見ることができた。五十人はいるだろうか。騎馬の衛士《えじ》が先導し、飾り太刀をはいた役人たちが整然と進んでいる。

仰々しい行列で大路を練り歩くことによって、市井の人々に王と后の威光を知らしめるためだというが、王の輿には屋根があり四方を幕で囲われているため、王の姿は外から見えない。大きな車輪のついた箱のような牛車は、言わずもがなだ。つまりは行列そのものが威光というわけだろう。

どうせ姿を見せるわけじゃないんだから、輿より淡雪と一緒に牛車に乗りたい、と鳴矢がぼやいていたが、たしかにこれなら輿が空でもわからないだろう。担ぐ者たちも大柄な鳴矢を中に乗せるより、空のほうが楽なのではないか。

もう少し行列を見物したい気もあったが、今日は都の南へ行ける、滅多にない機会だ。この隙に見ておきたい場所がある。

淡雪の天眼天耳の力は、おおよそ十六町から十七町先の距離を見ることができる。だが、都はもっと広い。冬殿から限界まで『目』を飛ばしても、都の八条大路以南は見られなかった。もっと南を見るためには、自らが後宮を出て、南へ移動する必要があるのだ。そしてその機会は、巽の社と坤の社へ行くときにしかない。

冬殿を出る前に、地図で確認してきた。巽の社の近くには、繁三実の館がある。

もう八条大路より南が見えるはずだ。行列はすでに宮城を出ている。

……ここは、たしか……四条大路のあたり。

行列は都の中央を南北に貫く大路を南下していた。王の輿を追い越し、まっすぐに飛ぶ。ここが東ノ市。ここが八条大路。越えた。まだ行ける。九条大路まできたら、東へ曲がる。通りを三本渡って——

明らかに庶民が暮らす小家がひしめく界隈《かいわい》の一角に、場違いなほど立派な館の屋根が見えた。これだ。周囲には他に大きな家はない。

三実が主だとすれば、南向きの部屋にいるのだろう。南の庭には大きな池もあり、いかにも立派な造りだ。

庭先に下りて屋内を覗いたが、誰もおらず、広い部屋なのに調度のひとつも置かれていない。こんなに美しい庭に面しているのに、使われている様子がなかった。

困惑しつつ、しばらく部屋の周辺を見てまわると、侍女と思しき娘たちが、掃除をしたり何かを運んだりする姿に行き合った。人はいるのだ。侍女たちは南ではなく、反対の方向に行き来している。もしかして北のほうを主に使っているのだろうか。

一度建物を出て半周し、敷地の北側へ向かう。そこには南の庭ほど広くはないが、こぢんまりと整えられた庭があり、そして、見慣れない生き物がゆうゆうと歩きまわっていた。おそらく鳥だろう。雉《きじ》のように尾が長い。だが雉よりずっと大きく、首も長かった。しかも驚くほど青い。羽の色も光沢のある青緑色だ。

見たことはないのにどこかで見たように思えて、ようやく気づく。これは孔雀だ。羽を広げた姿なら絵で見た。いまは羽を閉じていたのだ。

孔雀は、例の割れた水差しにも描かれていた。あれはもともと三実の持ち物だったという。三実は自分で飼うほど孔雀が好きなのか。それなら、三実の部屋は――

北の庭に面した窓は開け放されていた。衝立《ついたて》があり、棚があり、燭台がある。こちらは部屋らしい部屋だ。ここは確実に、誰かが使っている。

そのとき、失礼しますと声がして、若い侍女が二人入ってきた。侍女たちは衝立の後ろにまわりこむ。

衝立の陰にいて、見えなかったようだ。上質の衣を着た、白髪に白眉、白い髭の、皺深い、気難しげな老人が、肘掛け椅子に座っている。

侍女たちはその傍らにひざまずき、老人の足を揉み始めた。老人はそうされるのが当然のように足を投げ出し、目を閉じている。

すると、老人は突然、左足を揉んでいた侍女の頭を平手で叩いた。叩かれた侍女は一瞬うめいたが、足を揉む手は止めなかった。叩かれなかったほうの、右足を揉んでいた侍女が小声で、もっとやさしくおやりなさいと告げる。

この老人が繁三実であることは、もはや明白だった。和可久沙から聞いた、無言で侍女の顔を焼いたという人物像と一致する。ひと言、もう少し弱くとでも言えばいいだけのことなのに。何とも嫌な気分になる。

するとそこへ、また誰か部屋に入ってきた。今度は男だ。小柄で背を丸めた、四十幾つかと見える男は、衝立から半分身を覗かせるようにして、三実に声をかける。

「王。昼から中宮職に行ってきます」

「……和可久沙か」

思わず、部屋の端まで下がってしまった。いや、引いている場合ではない。聞いておかなくては。

「このまえ亥《い》の日に行ったんですが、何の病なんだか、寝こんでるらしくて。かなり悪いって話も聞いたんで、今日、もういっぺん行ってみます」

「放っておけ」

「……いいんで？」

「死んだらそれまでだ。代わりはいるだろう」

素っ気ないというには、あまりにも何の感情も含まれていないような口調だった。

「ですが、少々気になる話が。最近、内侍司でいっぺんに二、三人辞めたらしくて、その中に小野の娘と木田《きだ》の娘もいたとか」

それまで閉じていた三実の目が、わずかに開く。

「……小野に確かめたか」

「急に娘の結婚が決まったとか言ってましたが、いくら何でも急すぎやしませんか。だから烏丸のねえさんに訊いてみようとしたんですが」

三実は濁った目を男に向けた。

「今日行っても和可久沙がいなければ、小野を吐かせろ。木田でもいい」

「承知しました」

「この件、武実は知っているのか」

「さあ、どうでしょう。私はあっちの家じゃ歓迎されないもんで」

「……」

三実が片頬をゆがめ、鼻で笑う。

「武実には、こちらから訊いておく」

「お願いします。では」

男は背をさらに丸めて三実に一礼し、部屋を出ていった。三実はまた目を閉じて、侍女たちに足を揉ませ続けている。

……昼から中宮職に？　今日の？

和可久沙に会いにくるのか、いまの男が。和可久沙は対外的に、まだ病ということにしてある。寺へ移動し、身の安全を確保してから合議の場で公表することになっていた。つまり、まだ三実に知られるには早いのだ。

せめて明日の昼以降なら、鳴矢に伝えて対策がとれるのに。このあと神事の前後に鳴矢と話せる機会はないものか。考えながら、三実の部屋を出た。あまり長々覗いていたら、巽の社に着いてしまう。

もう『目』を閉じてもいいのだが、念のため付近の様子も見ておこうと、館の上空へと飛んだ。やはり周囲は小家ばかりだ。荒屋もあり、どこかものさびしく——

……えっ？

淡雪の『目』は、三実の館の北側の築地塀《ついじべい》に張りつく女と、その傍らに腕を組んで突っ立っている大柄な男の姿をとらえていた。塀に両手と片耳をあてて、まるで中の音に聞き耳を立てているかのような格好の女があまりに目立っていて、思わず下りて、間近で見てしまう。

女にも男にも見覚えがあった。というより、忘れようもない。

女は前の后、空蟬。男は前の王である明道静樹の恋人だという、梅ノ院の庭師だ。

……どうして空蟬姫が、ここに……。

この体勢からすると、どうやら空蟬も『目』を使って、館の内部を見ているようだ。空蟬の天眼天耳力は弱く、見える範囲はせいぜい隣りの部屋。だとしたら、こうして塀にぴったり張りつくのが一番効率的ではあるが。

空蟬が大きく息を吐き、ずるずるとしゃがみこんだ。庭師は助け起こすでもなく、肩で息をしている空蟬を、ただ横目で見下ろしている。

「……神事の日は、いつもより強い力が使えるのではなかったのですか」

「そ……」

真っ青な顔をのろのろと上げ、空蟬は庭師をにらんだ。

「……よ、いつもより、遠く……」

「孔雀以外のものが見えましたか？」

「人……たぶん、ぼんやり、だけど……何人か……」

「では、やはり三実王は、普段からこちら側の部屋を使っているということですね。それで、何か話は聞けましたか」

「ない……そこまでは……」

「毎月八日を選んでもこれでは、外から話を聞くのは無理ですね」

庭師は片方に傷跡のある眉をひそめ、隠すことなくため息をつく。空蟬は悔しげに表情をゆがめた。

「あなた、意外と、冷たい、人……だったのね……」

「失望しているだけです。あなたはもっと、あの方のためになる人かと思っていましたから。その力も、力以外のことでも」

「……正直にもほどがあるわ」

早口でつぶやき、額を押さえて、空蟬はまた大きく呼吸する。

「休んだらもう帰りましょう。瑞光平明《ずいこうへいめい》元年の京職亮《きょうしきのすけ》の記録が借りられましたから、そちらを一緒に見ていただきます」

「また記録……？　わたくし、そういうのは苦手……」

「字が読めるのなら協力していただきます。そういう約束のはずです」

「……」

　空蟬はうんざりした様子で膝を抱え、塀によりかかった。もっと文句を言いたそうだったが、庭師があさってのほうを見ているため、あきらめたようだ。

　そのとき、がくりと体が大きく揺れた。淡雪が思わず本当の目を開けると、香野が顔をしかめて頭の後ろを押さえている。

「香野さん、大丈夫？　ぶつけたの？」

「大丈夫です。……いま、ひどかったですね。石か何か踏んだのかも」

「まだ着かない？　あとどれくらいなのかしら」

「えーと——ねぇ、ここはどのあたり？」

　香野が牛車の小窓を開け、外に向かって尋ねた。牛車には兵司の女官が何人か徒歩で付き添っており、そのうちの誰かが、九条大路を越えました、と返事をする。

「ああ、じゃあ、あともう少しですね……」

「着いたら、少し休めるかしら。このまま降りたら、ふらふらしそうで……」

　体調に何も問題はなかったが、淡雪が弱々しくそう言ってみせると、本当に具合の悪そうな香野は、何度もうなずいた。

「休みましょう。神事の途中で倒れてしまってはいけませんから」

「……ええ」

これで少しは時間が稼げるだろうか。鳴矢と話せるとは限らないが。

ほどなく誰かの号令が聞こえ、牛車が止まる。兵司の女官が、着きました、と声をかけてきた。淡雪はすかさず手を伸ばし、乗り口の簾《すだれ》を少しだけ押し開ける。

「誰かいる？　悪いけれど、王に伝えてほしいの。車に酔ってしまったので、気分が落ち着くまでここで休ませてくださいって……」

「かしこまりました」

一番近くにいた小柄な女官が素早く身をひるがえし、駆けていった。

牛車より王の輿のほうが列の先にいた。もし鳴矢がすでに社に入ってしまっていたら、ここにいなくてもいいかと考えていると、明らかに急ぐ足音が近づいてくる。

「——車に酔ったって？」

簾がさっとはね上がり、鳴矢が顔を突っこんできた。淡雪は香野に見えないように唇に人差し指を立て、声は出さずに口の動きだけで、話があります、と伝える。

それで鳴矢は察したらしく、うなずいて車の中を見まわした。

「ここじゃ狭い。社で休もう。……何だ、香野も顔色悪いな」

「揺れがひどいんですよ、この車……。どこか壊れてないですか？」

「本当か？　神事のあいだに点検させるか。――尚兵、香野に手を貸してやってくれないか。先に社に連れてってやってくれ。俺は、淡……后を連れていくから」

鳴矢が兵司の女官たちを呼び、香野は真登美の肩を借りて先に車から降りる。車内に残った淡雪は、首を伸ばして中を覗きこんでいる鳴矢に顔を近づけた。

「……わたしは酔っていませんので大丈夫です。三実王の館を見てきました。今日の昼過ぎに、三実王の使いが鳥丸の典侍を訪ねてきます」

「今日……？」

淡雪は小声で、先ほど聞いた三実と男の会話を伝える。

「小野の典侍のほうを突っつかれたら面倒だな……」

「ええ。ですから――」

「まだ降りてこないのですか、后は」

険のある声が車の外から聞こえた。鳴矢の背後に、朱華色の領巾の巫女がいるのが見える。そういえば巽の社は、波瀬家の巫女の管轄だった。

鳴矢は巫女に負けず劣らず不機嫌そうな顔で、後ろを振り返る。

「……車がえらく揺れて、酔ったそうだ。少し休ませないと」

「儀式の支度はとうに調っております」

「いつ始めたっていいんだろ？」

「遅くなってもいいわけではありません」

「――王」

　淡雪はなおも反論しようとしている鳴矢の、深紫の袍の袖を引いた。最低限、伝えるべきことは伝えられた。空蟬の話はあとでもいい。

「お気遣いありがとうございます。大丈夫です。いま降ります」

「……」

　酔っていないことはわかっているだろうが、巫女の態度に腹を立てているようで、鳴矢は思いきり苦々しい顔をしている。波瀬家の巫女たちは小澄家の巫女たちより、后に対して当たりがきつい。初めからそうなので、淡雪はそういうものだと思って、特に気にしていないのだが。

　沓を履き、車から降りようとすると、鳴矢が突然、淡雪に覆い被さってきた。

「え、何っ……」

　こんなところで抱きしめられるのかと思って身構えると、鳴矢は淡雪の背中と膝裏に腕を入れ、そのまま抱き上げた。

「――ふらつくといけない。このまま運んでいく」

「なっ……」

巫女は目を丸くして唖然とし、行列を作ってきた者たちもどよめく。

「帰るまでに、この車を見ておいてくれ。揺れがひどいそうだ」

鳴矢は淡雪を抱えたまま平然と周囲の者に告げ、社のほうへ歩いていった。

……何をしているの……！

皆の注目を浴びているのは嫌でもわかる。さすがに淡雪は平静ではいられず、白い巫女服の袖で顔を隠し、鳴矢の腕の中で身を縮めていた。

「……何、恥ずかしい？　かわいいな」

ささやき声で言われ、そっと袖をずらして覗き見ると、鳴矢の口元が震えている。にやつきそうになるのを抑えているのだろうが。

「人前で何てことするんですか……」

「落とさないから大丈夫だよ」

「知っています……」

こんなふうに運ばれるのは二度目だ。湯船に落ちて恥ずかしい思いをした、あの夜以来。そのときを思い出してしまい、頬に血が上っていた。

「昼に使者が来る件は、帰ったらすぐ何とかする。ありがとう」

「……もうひとつお伝えすることがありますが、急ぎではありませんので……」

「わかった。夜に聞く」

鳴矢はそのまま社の階を上がっていく。おそらく他の巫女たちも、上で待っていたのだろう。驚きと非難を含んだざわめきが聞こえてきた。

だが鳴矢は意に介さず、堂々と前を向いている。

大勢の前でこんなことをしてしまって、これからどうするのか——案ずる気持ちと同時に、どこか誇らしいような、不思議な感情が胸に広がり、淡雪は袖の陰で鳴矢の襟元にこっそり頬を寄せた。

——本書のプロフィール——

本書は書き下ろしです。

小学館文庫

王《おう》と后《きさき》

（三）それは誰《た》が罪《つみ》

著者　深山《みやま》くのえ

二〇二三年四月十一日　初版第一刷発行

発行人　石川和男
発行所　株式会社　小学館
〒一〇一-八〇〇一
東京都千代田区一ツ橋二-三-一
電話　編集〇三-三二三〇-五六一六
販売〇三-五二八一-三五五五
印刷所────凸版印刷株式会社

この文庫の詳しい内容はインターネットで24時間ご覧になれます。
小学館公式ホームページ　https://www.shogakukan.co.jp

ISBN978-4-09-407244-0

色《いろ》にや恋《こ》ひむ

ひひらぎ草紙

深山くのえ

イラスト　アオジマイコ

妹に許婚を奪われ、女官となった淑子。
周囲の嘲笑にも毅然とした態度の淑子に、
ある日突然、求婚者が現れる。
彼、源誠明は、東宮の嫡子でありながら
臣籍降下した、いわくつきの人物で!?

CHARABUN
キャラブン!
小学館文庫

桃殿《ももどの》の姫、鬼を婿《むこ》にすること

宵の巻／暁の巻

深山くのえ

イラスト　宵マチ

魔に狙われる后候補の姫・真珠。
助けを求め呼んだのは、
白銀の髪を持つ鬼の名だった——。
真珠を守るために、鬼・瑠璃丸は
人として生きる道を選ぶが……。

CHARABUN
キャラブン!
小学館文庫